법념 스님
산문집

법념 스님 산문집

종이 칼 ●

천년의 밤길에서 일상을 사유하다

민족사

아! 완연한 봄이로구나.

여기저기서 생명이 움트는 소리가 들린다.

바람이 분다.

꽃이 져버린 생강나무는

가지 끝에 잎만 뾰족이 나와

흔들리지 않는다.

번뇌에서 벗어나 행복해지길

처음으로 나의 소리를 담아낸 책이라 가슴이 두근두근 뛴다. 틈이 날 때마다 조금씩 써놓아 한 편의 글이 된 것을 하나씩 엮어 놓은 것이 책으로 나온다니 정말로 믿어지지 않는다. 칠십 들어 글쓰기를 배운다고 토함산 입구의 동리목월문창대학에 들락거리기를 8년, 그 결실의 하나가 세상에 나와 선보인다.

몇 년 전 향곡 큰스님 일화를 모아 《봉암사의 큰 웃음》이라는 책을 낸 적이 있다. 그 책은 향곡 큰스님을 중심으로 쓴 것인 데 반해 이번 책은 나의 이야기를 글로 써낸 것이어서 감개무량하다.

요즈막엔 에세이·수필집 등뿐만 아니라 가지가지 이름을 달고 책이 쏟아져 나온다. 수많은 책 중에 독자들에게 읽히는 책은 몇 권 되지 않을 것 같다. 그러나 실망하지 않는다. 내가 쓴 책은 사서 읽

7

는 사람에게 '행복을 주는 책'이기 때문이다. 그만큼 열과 성을 다한 책이기에 읽는 사람들에게 전해져서 필자가 글을 쓸 때 행복했던 것처럼 읽는 독자마다 행복해지리라 믿는다.

이 책 제목은 《종이 칼》이다. 종이 자체는 아무런 힘이 없지만 종이에 쓰인 글은 금강보검과 같아 백팔번뇌를 다 베어낼 수 있는 힘이 있다. 《종이 칼》이라는 제목에는 한 장 한 장 곱게 펼쳐 잘 읽어 보면서 번뇌에서 벗어나 행복해지길 바라는 필자의 뜻이 숨어 있다. 글 속에서 금강과도 같은 보석을 찾아내는 독자가 나오기를 바라는 마음도 크다.

철없는 어린 시절 엄마에게 "우리 형제 중에 누가 제일 예쁘냐?"고 물으면 "모두 배 아파 낳은 자식이라 다 예쁘다"고 말했다. 그땐 엄마의 말이 거짓부리라고 여겼다. 글을 써 보니 내가 쓴 글들이라 그런지 예쁘지 않은 글이 없다. 제 눈에 안경인지 모르겠지만…. 책 속에 있는 글자 하나하나가 살아있는 활자活字가 되어 독자들의 눈에 빠짐없이 들어왔으면 하는 바람을 가져 본다.

또한 어릴 적에 도시에서만 살아 시골 사는 친구들이 부러웠다. 여중에 들어가니 시골에 사는 친구들이 더러 있었다. 가을이면 시골 친구들이 고구마 말랭이, 메뚜기볶음, 찐쌀 등을 가져와 나눠 주었다. 찐쌀을 입속에 가득 넣어 불린 다음 씹어 먹으면 한참 동안 구수한 숭늉 맛을 보게 되고, 볶은 메뚜기의 고소함은 여느 반찬보다 맛있었다. 그런 구수함과 고소함이 지금도 생각나는 것처럼 《종이 칼》도 읽은 뒤 오랫동안 생각나는 책이 되었으면 좋겠다.

여고 때 교실 한쪽 벽에 걸려 있던 글로리아 벤더빌트의 〈동화童話〉라는 제목의 짤막한 시가 좋아 지금도 기억하고 있다.

옛날에 한 아이가 있어
내일은 오늘과는 다르리라 기대하며 살았습니다.
-글로리아 벤더빌트

내일에 대한 희망을 꿈꾸던 소녀 감성에 딱 맞는 시여서 오래도록 가슴에 안고 살았나 보다. 만약 내일이 없다면 살맛이 없을 것 같다. 내일이 있기에 희망을 가지고 다시 멋있는 삶을 살아갈 준비를 하는 게 아닐까 싶다. 영화 〈바람과 함께 사라지다〉에서 "내일은 내일의 태양이 뜬다"라는 명대사로 보는 사람들의 심금을 울렸듯이 내일은 우리들에게 꿈과 희망을 주는 낱말 중의 하나이다.

내가 처음으로 낸 《종이 칼》도 오래오래 사랑을 받았으면 싶다. 첫 단추를 잘 꿰어야 다음부터 일이 술술 잘 풀리니까 그렇게 되고프다. 언제까지 글을 쓰게 될지 모르나 될 수 있다면 2집, 3집뿐만 아니라 10집까지도 펴내고 싶다. 처음부터 목표를 높이 잡아놓으면 끝까지 가려고 기를 쓰고 올라갈 것 같아서다. 턱없는 만용을 부린 건지 모르겠지만 내일이라는 희망이 있기에 가능할 성싶다.

《종이 칼》이 태어난 인연은 각별하다. 민족사의 사기순 주간은 딱 두 번 본 인연이다. 몇 년 전 불교박람회장에서 한 번, 뮤지컬 〈싯다르타〉를 보러갔다가 공연장에서의 두 번째 만남에 수필집을 내고 싶다는 얘기를 했더니 흔연히 받아들였다.

그러나 아무리 기다려도 연락이 없기에 전화를 했더니 내 원고를 기다렸노라고 말했다. 서로 엇갈린 것이다. 즉시 졸고를 보냈더니 다음날 책을 내겠다는 답장이 와 너무 놀랍고도 기뻤다. 민족사 윤창화 대표님이 흔쾌히 결정을 해서 빛을 보게 된 것이다. 지면을 통해 마음 깊이 감사드린다.

그날로부터 열 번은 넘게 퇴고했을 듯싶다. 볼 때마다 고칠 게 나오니 이러다간 끝이 없을 것 같았다. 쓸 땐 나름대로 잘 썼다고 여겼건만 이렇게 퇴고할 것이 많이 나오다니…. 책을 출판하고 나서도 고칠 게 또 있을 것 같다. 혹여 잘못된 부분이 나오더라도 독자 여러분이 이해해 주시리라 믿어 의심치 않는다.

삽화가이며 동화작가인 토미 웅거러는 "흰 백지는 세 번의 삶을 산다."고 말했다. 첫 번째 삶은 누군가가 백지에 글을 쓰거나 그림을 그릴 때이고 두 번째 삶은 글과 그림이 책으로 나올 때이고 세 번째는 글과 그림이 그려진 책을 누군가가 사서 읽고 봐 줄 때라고 한다. 내가 쓴 글은 두 번째 삶을 살았고 세 번째 삶을 살 준비를 하고 있는 셈이다. 세 번째 삶은 독자 여러분이 만들어 주는 것이니 내일이 어떻게 펼쳐질지 기다려 봐야겠다. 한 권의 책은 종이의 마지막 삶이다. 책으로 태어났지만 독자와의 만남이 없는 책은 그대로 생을 마감한다. 그러나 독자와 만난 책은 보람된 삶을 살게 된다.

《종이 칼》은 많은 독자와의 만남을 통해 행복한 삶을 살고, 독자들은 '행복'이라는 카드를 하나씩 가져갔으면 좋겠다.

2020년 6월 여름비 오는 날
무문당無門堂에서 법념

차례

머리글 | 번뇌에서 벗어나 행복해지길 007

제1장 —
바늘과 실이 지나감에
꽃이 피어나기 시작하고

018 | 디딤돌

023 | 당구 솥

029 | 곶자왈

034 | 귀밝이술

039 | 다듬잇돌

045 | 발가락이 옷을 입다

051 | 석승 선생

056 | 약속

061 | 여생을 금강산에서 보내고 싶다

066 | 존니옥하

071 | 주름

075 | 만능재주꾼, 바늘

— 제2장
흐르는 강물 위에도
열사흘 달이 고요히 잠겼다

자리 | 080

설은 | 084

간발의 차이 | 090

갯마을, 분개 | 094

종심 | 098

돌 꽃 | 102

글 낳는 집에서 | 107

푸른 벚꽃 | 112

희로애락의 대합창 | 117

포행 | 122

종이 칼 | 127

차의 원류, 기림사 | 132

제3장 —
그믐밤 별빛이
길 위에 쏟아져 내리고

138 | 처진 걸이

142 | 겨울 꽃밭

148 | 가랑잎

153 | 꽁당보리밥

158 | 추억을 팔고 사는 사람들

163 | 어부바

169 | 낭화

173 | 오백 년 만에 되찾은 미소

179 | 읽는 약

184 | 재매정에 달빛 머물다

189 | 레퀴엠

— 제4장
검은 색이 모든 색을 포용하듯
밤바다는 모든 번뇌를 떠안는다

마수걸이 | 194

머리카락 | 199

모지랑이 | 205

목련 | 209

숲, 색으로 말하다 | 214

씨앗의 기적 | 219

서라벌 밝은 달 아래 | 223

안다미로 | 229

이름이 뭐 길래 | 233

일일시호일 | 238

도둑영화 | 243

제1장

바늘과 실이 지나감에

꽃이 피어나기 시작하고

디딤돌

요즈막에는 은사스님이 무척 힘들어하시는 것 같다. 툇마루에 놓인 댓돌에 발을 내디딜 때나 현관에서 마루에 오를 때도 힘겨워해 팔을 붙들어 드려야 한다. 별로 높지 않건만 100세를 바라보는 고령이어선지 몸이 따라주지 않아 제대로 움직여 주지 않는 듯하다.

방을 수리할 때 그 정도 높이면 오르내릴 때 문제없을 줄 알았으나 오산이었다. 뭐든 상대방을 기준으로 생각지 않고 자기중심으로 하는 이기적인 생각에 익숙해져 빚어낸 일이다. 노구老軀를 불편하게 해 드린 것이 꼭 내 탓인 것 같아 속이 내내 편치 않다. 문득 디디고 올라갈 것을 하나 놓아 드리면 되겠다는 생각이 들자 무거웠던 마음이 한결 가벼워졌다.

댓돌 위에 디딤돌을 턱하니 올려놓았다. 이젠 은사스님은 물론이고 드나드는 모든 분들이 아주 편하게 다닐 듯해 마음이 흔흔하다. 조금만 배려하면 되는 일이거늘. 그런 데까지 생각이 미치지 못한 건 아마 코앞에 일만 보기 때문일 게다. 좀 더 멀리 앞을 내다볼 줄도 모르는 주제에 여태껏 잘난 척하고 살아온 것 같다.

뒤돌아보니, 내겐 디딤돌이 된 사람들이 많았다. 첫 번째 떠올려지는 사람은 자식들의 디딤돌이 되어 평생을 살다간 부모님이 아닐까 싶다. 어머니는 평소에 "소도 비빌 언덕이 있어야 가려운 등을 긁을 수 있고 사람은 디딜 곳이 있어야 올라설 수 있다"는 말을 늘 입에 담았다. 형제끼리 서로 돕고 살아야 한다는 뜻이기도 하지만, 진짜 속내는 '남에게 도움을 주는 사람이 되었으면' 하는 바람으로 말했을 게다. 그런 가르침을 귓전으로만 듣고 남에게 디딤돌이 되어 준 일이 거의 없는 삶을 살아온 성싶다.

모리나가 소우코(森永宗興) 큰스님은 일본 유학시절 정신적 디딤돌이 되어 주신 분이다. 하나조노(花園) 대학 총장이면서 차기 임제종 종정이 될 분이셨다. 일요일 아침마다 교토 용안사龍眼寺 대주원大珠院으로 발걸음을 했다.《벽암록》법문을 듣기 위해서다. 처음엔 무슨 말씀을 하는지 잘못 알아들어 남들이 웃어도 웃을 수 없었다.

그야말로 멍청이였으나 얼마간 지나 말귀를 알아듣게 되니 일요일이 마냥 기다려졌다.《벽암록》을 들은 지 4년째 되는 어느 날, 큰스님이 열반에 드셨다. 낯선 땅에서 큰 의지가 되었던 거목과 같은 분이었기에 너무나도 아쉬움이 컸다.

큰스님은 떠나가셨지만 10여 년간의 유학생활을 아무 탈 없이 지낼 수 있었던 건 모리나가 큰스님의 배려와 가르침 덕분이었다는 생각이 든다. 한국을 사랑하는 마음이 지극하셔서 법문을 들으러 온 불자들에게 이런 말씀을 하셨다.

"한국은 형님나라이다. 옛날에는 조선의 뛰어난 학자들이 일본으로 건너와 학문을 가르쳐 주어 일본인들의 눈을 뜨게 만들었다. 지금은 일본이 한국보다 학문이 조금 더 앞섰다고 한국에서 유학하러 왔으니 예전에 일본이 받았던 은혜를 갚는 길이라고 생각하고 유학생들에게 도움을 줄 수 있으면 좋겠다."

큰스님 덕에 다도도 익힐 수 있었고 꽃꽂이도 배울 수 있었다. 어느 불자가 솔선해서 가르쳐 주겠다고 나서 주어서다. 그뿐이랴. 일요일마다 법회가 끝나면 집으로 초대해 차와 음식을 대접해 주는 불자도 생겨 보람 있는 유학생활을 즐길 수 있었다. 공부에만 매달려 따분한 유학생활을 보내지 않게 된 건 모두 모리나가 큰스님의 은덕이 아니었나 싶다.

산책길에서 문천蚊川 아래 깔린 디딤돌을 내려다본다. 수많은 이들이 저 돌을 밟고 지나갔으리라. 디디고 지나간 사람의 흔적은 없어졌지만 디딤돌은 오늘도 여전히 그 자리에 꼼짝 않고 버티고 있다. 가만히 앉아서 지겨워하지도 않고 조바심도 내지 않는다. 물속에 반쯤 잠긴 채 누가 밟고 지나가도 불평 한마디 하지 않는다. 오히려 모든 이들이 잘 건너기를 기도드리며 묵묵히 인내하며 앉은 자리를 지킨다. 선정삼매禪定三昧*에 들어간 스님처럼 요지부동이다. 누구라도 자기를 디디고 무사히 물을 건너가기를 바랄 뿐이다.

한아름이 넘는 기둥도 주춧돌이 없으면 서 있을 수 없고 지붕의 서까래도 대들보가 없으면 지붕을 떠받들지 못한다. 사람 인人 자를 보면 둘이 서로 버티어 주고 있다. 그러하기에 '홀로서기'라는 말은 어찌 보면 자립심을 키우는 것 같아 좋아 보일지 모르지만, 개인주의와 이기심을 부추기는 말이 아닐까 싶다. 서로 돕고 의지할 때 더욱 빛이 나는 법이기에 디딤돌의 역할이 더더욱 눈부신 듯하다.

중국 남북조시대 승조법사僧肇法師가 이런 말씀을 했다.

천지는 나와 더불어 한 뿌리요,
만물은 나와 더불어 한 몸이다
天地與我同根 萬物與我同體

삼라만상이 다 부모형제이니 서로 돕고 살아가야지 누굴 미워하고 누굴 좋아하겠는가.

＊선정삼매禪定三昧 : 참선參禪으로 산란한 마음을 한 곳에 모아 움직이지 않게 하고, 마음을 바르게 하여 망령된 생각에서 벗어나 그런 상태가 지속되게 하는 수행이다.

디딤돌은 잠깐 밟고 지나가는 돌에 불과하다. 그러나 징검다리 역할을 하는 디딤돌이 놓여 있지 않으면 물을 쉽게 건널 수 없다. 우리가 넘어지지 않고 서 있을 수 있는 것은 단단한 땅이 받쳐 주기 때문이다. 돌아다보니 고맙지 않은 것이 하나도 없다. 감사할 일뿐이다.

디딤돌 위에 은사스님의 검정고무신 한 켤레가 햇살을 듬뿍 받고 있다. 도량이 다시 평온함을 되찾는다.

당구 솥

박물관 진열장에 철정鐵鼎이 놓여 있다. 금관가야였던 김해에서 출토된 철기시대유물이다. 지금은 유리벽 안에 갇힌 영어囹圄의 신세이지만 당시에는 제단에 올라앉는 귀하신 몸이었다. 그런 이력을 지녔기에 쇠솥은 자부심을 갖고 당당하게 앉아 있다.

솥이라면 먼저 밥이 떠오른다. 오래전 시골에서 자란 사람들은 가마솥에서 갓 지어낸 구수한 밥 냄새를 잊을 수 없을 게다. 아쉽게도 나는 도시에서만 내내 살아 그런 추억이 없다. 연탄불 위의 양은솥에 지은 밥만 먹고 지내와서다.

양은솥은 눌은밥이 잘 생긴다. 엄마는 눌은밥에 뽀얀 쌀뜨물을 넣어 숭늉을 만들기도 하고 때로는 긁어두었다가 나누어 주곤 했다. 그때마다 서로 많이 먹으려고 형제끼리 쟁탈전을 벌였다. 간식이라곤 구경하기 힘든 시절이라 어느 집이나 똑같은 광경이 벌어졌던 게 아닌가 싶다.

처음으로 당구鐺口 솥*을 본 것은 산속에 있는 절로 출가했을 때다. 누런 황토를 바른 부뚜막 위에 커다란 쇠솥이 턱 걸터앉아 있는 걸 보고 우선 크기에 놀랐다. 그것도 세 개씩이나…. 보는 순간 기가 팍 질려 정제소淨濟所 앞에서부터 발이 얼어붙었다. 절에 갓 들어간 행자 신분이라 밥 짓는 공양주로 살아야 해서다. 앞으로 저 무거운 솥뚜껑을 매일 들어 올렸다 내렸다 할 생각을 하니 숨이 탁 막히는 기분이었다.

당구 솥은 셋 다 각기 다른 용도로 쓰였다. 하나는 밥을 짓고, 또 하나는 국이나 찌개를 끓이고, 나머지 하나는 물을 따뜻하게 데워 대중스님들이 양치나 세수할 때 썼다.

밥 짓는 것 외에 너 말들이 당구 솥에 아침저녁으로 수각에 가서 물을 길어와 채워 놓는 일도 힘든 중노동 중의 하나였다. 게다가 불을 때고 나면 연기에 그을린 부뚜막과 아궁이에 맥질까지 해야 하는 나날이었다. 맥질이란 황토에 물을 붓고 곱게 개어 짚으로 만든 솔로 부뚜막을 바르는 일이다. 다 칠해 놓으면 깨끗해져 보기가 좋았다. 나중에 시멘트로 바른 뒤에는 맥질을 할 필요가 없어져 일손을 좀 덜었다.

---

* 당구 솥 : 쇠를 녹여 만든 가마솥으로 절에서 밥을 짓는 큰 솥.

밥을 지어 본 적이 없는 터라 처음부터 잘 될 리가 없었다. 더욱이나 아궁이에 불을 때는 것조차 생소해 신경이 늘 곤두섰다. 어른스님에게 몇 번이나 여쭤보고 밥을 하건만 너무 되거나 질거나 아니면 타는 날이 더러 생겼다. 그런 날은 큰방에 들어가 "밥이 잘못 됐습니다"라고 대중스님들에게 참회의 절을 올려야 했다. 그럴 때마다 부끄럽고 창피스러웠다. 참선하는 선방이어서 더욱이나 규범이 엄했다. '다음에는 잘해야지'라고 다짐하지만 뜻대로 되지 않아 속이 바싹바싹 타들어갔다.

50여 명이 넘는 대중스님들의 밥을 지어 올린다는 건 쉬운 일이 아니었다. 그러나 시간이 흐르면서 밥도 곧잘 하게 돼 공양주 일이 수월해졌다. 제일 즐거운 일은 구수한 누룽지를 실컷 먹을 수 있다는 거였다. 집에서 먹었던 양은솥의 눌은밥에 댈 게 아니었다. 특히 찰밥을 하는 날은 횡재하는 기분이 들었다. 고소하고 바삭바삭한 찹쌀 누룽지를 따로 챙길 수 있어서다. 그런 날이면 정제소에 발걸음조차 안 하던 어른스님들조차 누룽지를 좀 달라며 부탁하러 온다.

먹을거리가 귀한 때라 당구 솥의 누룽지는 언제나 인기가 좋았다. 내게 있어 누룽지는 스트레스를 해소시켜 주는 양약 같은 역할을 했다. 고소한 고놈을 나도 먹고 남도 나눠줄 수 있는 특권을 누린 덕분에 힘든 일을 잘 견뎌내지 않았나 싶다.

오래전 어느 책에서 읽은 글이다. 미국으로 유학 간 부부가 현지친구들을 초대했다. 저녁은 김치만두를 준비했으나 후식으로 낼 차가 고민이었다. 하는 수 없이 시골집에서 부쳐온 가마솥 누룽지에 뜨거운 물을 부어 우려낸 숭늉을 대접했다. 모두들 마셔보곤 "무슨 차가 이렇게 고소하냐"라며 호평을 해 주어 한숨을 돌렸다는 내용이다. 가마솥 누룽지 덕에 숭늉이 국산차로서 진정한 국위선양을 한 셈이다.

절에는 정제소에 걸린 것보다 몇 배나 큰 당구 솥이 또 하나 있었다. 목욕물도 데우고 목욕도 할 수 있는 초대형 쇠솥이다. 한 달에 두 번 목욕날이 되면 당구 솥에 물을 가득 채워 아궁이에 불을 지핀다. 물이 뜨거워지면 다른 물통에 퍼 놓고 그 물은 헹굴 때만 썼다. 물을 절약하기 위해서다. 당구 솥에 다시 물을 채워 뜨거워지면 찬물을 보충해 가며 대여섯 명이 차례대로 들어가 몸을 덥히고 그 물로 몸을 씻었다. 솥 안에는 둥그런 나무깔개가 깔려 있어 발이 데지 않도록 해 놔서 그 위에 서거나 앉을 수 있었다. 옛사람들의 지혜다.

그런 용도로 생광스럽게 썼던 초대형 당구 솥이 어느 날 갑자기 한쪽 귀퉁이로 밀려나게 되었다. 더 이상 장작을 땔 수 없어 취한 조치였다. 예전엔 산에 가서 벌목하는 게 더러 허용이 되었지만 〈산림법〉이 생겨 더 이상 나무를 할 수 없게 돼 어쩔 도리가 없었다. 솥이 너무 크다 보니 아무데나 둘 수 없어 우선 눈비를 피할 수 있는 산신각 뒤편에 두었다. 덩그러니 홀로 있는 걸 보니 왠지 가슴 한구석이 짠했다.

몇 년이 흐른 뒤였다. 그 자리에 매양 있을 줄 알았던 당구 솥도 목욕탕의 큰 쇠솥처럼 퇴출당하게 되었다. 뒷방으로 물러난 시어머니 꼴이 되어 아무런 힘도 쓰지 못하고 부뚜막의 터줏대감 자리를 물려주고 말았다.

이번에도 역시 땔감이 문제였다. 불행 중 다행이랄까, 솥뚜껑만은 버림받지 않고 구제되었다. 부침개를 할 때 솥뚜껑을 뒤집어 밖에 만들어 놓은 아궁이에 걸어 쓰려고 남겼다. 프라이팬에 부친 것은 솥뚜껑에 불을 때어 부쳐낸 부침개 맛을 따라갈 수 없어서였다. 하지만 그나마도 얼마 가지 않아 물러나야 하는 신세를 면치 못하게 되었다. 이번 경우는 '산불조심'이라는 소방서의 지시를 따라야 해서다. 밖에다 만든 아궁이에 불을 때면 안 된다는 명령이었다. 행여나 불티가 날아가 산불이 날 염려가 있다는 이유에서였다. 국가시책을 따라야 하니 아궁이마저 깡그리 철거당했다.

아직 멀쩡해서 얼마든지 쓸 수 있거늘. 사정상 어쩔 수 없는 일이라 아쉽게도 석별의 정을 나누어야만 했다. 그동안 수고했다고 쓰다듬어 주며 위로의 말을 건넸으나 알아듣지 못하니 더더욱 서글펐다. 그간 정이 많이 들어서다. 역사의 뒤안길로 밀려나긴 했지만 당구 솥이 남겨준 추억이 가슴에 남아 있는 것으로 위안을 삼았다.

정제소의 당구 솥은 먼저 떼어낸 목욕탕의 초대형 쇠솥과 함께 다른 곳으로 이사를 갔다. 새로 지은 창고에서 사이좋게 지내도록 해 주어 마음이 한결 홀가분해졌다. 사람뿐만 아니라 물건도 정이 들면 그런 맘이 드는가 보다.

요즘은 거의 전기밥솥으로 바뀌어 가마솥에 지은 밥을 맛보기가 힘들다. 그러나 아무리 기술이 발달되어도 가마솥의 밥맛을 따라가지 못한다. 밥뿐만 아니라 전기솥의 누룽지도 마찬가지다. 여러 과정을 거쳐 밥을 안치는 솥을 쇠로 만들었지만 아직 가마솥에 지은 밥만 못하다. 곰곰이 생각해 보니 쇠솥 안에 맛을 내는 어떤 비결이 숨겨져 있지 않았나 싶다.

이제 쇠솥 시대가 막을 내릴 것 같다. 머지않아 박물관의 진열장에 놓인 철정처럼 당당하게 앉아 손님을 맞이할 날이 오리라. 그때가 되면 유리벽 안에 든 유물을 보며 사람들은 무슨 생각을 할지 자못 궁금해진다.

곶자왈

제주 올레길을 따라 걷는다. 갈매색 바다와 푸르디푸른 하늘이 맞닿은 수평선이 육지손님을 반가이 맞이한다. 공기가 맑아 도심으로부터 묻어온 미세먼지가 다 씻겨 내려 가는 기분이다. 숲으로 가려고 발걸음을 그리로 옮긴다.

'곶자왈 〈환상숲〉'이라는 팻말이 방문객을 반긴다. 곶자왈은 '정겨운 느낌이 드는 숲'이라는 제주도 사투리다. 왠지 신비한 이야기가 숨어 있을 거 같은 느낌이 들어 기대감을 가지게 한다. 숲 입구에 들어서면서부터 숲지기 선생님의 말에 귀를 기울인다.

'아이비'는 넝쿨식물이다. 다른 나무를 감고 올라가며 사는 식물로 잎은 광합성을 하기 위해 변화한다. 아이비의 잎은 세 갈래이고 가운데는 널찍하고 양옆의 잎은 조금 좁게 퍼져 있다. 아래쪽에서 자랄 때는 빛을 많이 받기 위해 될 수 있으면 잎의 면적을 넓히려고 몸부림을 쳐 잎이 세 갈래로 퍼진다. 좀 더 위로 올라가면 빛을 밑에서보다 많이 얻을 수 있어 세 갈래 잎이 하나로 변한다. 넝쿨이 뻗어올라 나무 위와 가까워지면 나무처럼 가지가 많이 생기고 작은 잎들도 많이 달리게 된다. 한 나무에서 세 가지 형태의 잎이 생겨나다니…. 동물이 환경에 따라 진화하거나 퇴화하는 건 진즉부터 알았지만, 식물도 환경에 따라 자기 몸을 바꾼다는 사실이 경이로웠다.

곶자왈의 생태를 세밀하게 관찰해 우리들에게 들려주는 숲지기 선생의 설명을 감탄하며 들었다. 식물은 움직일 수 없거늘 어떻게 환경에 적응해 가는지를 현장에서 들으니 귀에 쏙쏙 들어왔다. 정말로 세상에는 배워야 할 것들이 너무 많다. 죽을 때까지 배워야 한다는 어른들 말이 이제야 귀에 들어온다.

숲으로 깊숙이 들어가니 연리지連理枝나무가 보인다. 연리지란 두 나무가 서로 맞닿아 결이 서로 붙은 것을 말한다. 살 때도 같이 살고 죽을 때도 같이 죽는 나무여서 화목한 부부나 사이좋은 남녀 사이를 일컫기도 한다. 연리지처럼 평생 서로 사랑하다가 한날한시에 같이 죽을 수 있다면 얼마나 좋을까 싶다. 세상의 부부가 다 연리지 같이만 살아간다면 이별이니 이혼이니 하는 말은 발을 붙이지 못할 것 같다.

갈등葛藤이라는 두 글자가 쓰인 팻말이 바위 위에 가로로 누워 있다. 칡과 등나무가 서로 덩굴을 뻗은 곳이다. 갈등이란 서로 다른 성질을 가진 칡과 등나무가 얽히는 것처럼 상반하는 것끼리 양보하지 않고 대립하는 걸 말한다. 연리지는 두 나무가 상생相生하는 데 반해 갈등은 두 나무가 상반相反하는 양상을 보이는 걸 보고 인간이 살아가는 삶의 양면을 보는 것 같았다. 실제로 칡넝쿨과 등나무넝쿨은 서로 감고 올라가며 반목하다가 결국은 둘 다 살지 못하고 죽는다고 한다. 갈등이 없는 세상이 되기를, 마음속으로 되뇌었다.

숲길을 계속 걸을수록 공기가 맑아 기분이 상쾌해진다. 나무가 우거져 그늘이 지고 습기도 적당해 나무에 기생해서 다닥다닥 붙은 콩짜개난의 새파란 잎이 싱싱하나. 생김새가 두 쪽으로 갈라진 콩짜개 같다고 해서 붙인 이름이라는 설명이었다.

갑자기 앞서 가던 숲지기 선생이 걸음을 멈추더니 한 곳을 가리키며 주목하라고 말한다.

"여기 아이비의 굵은 넝쿨이 중간에 잘려져 있지요. 위로 너무 많이 올라가기에 더 이상 크지 못하게 내가 잘랐어요. 그랬더니 아이비의 그늘 아래 자라던 콩짜개난이 죽어버렸어요. 가만히 두면 저희들끼리 알아서 잘 클 것을…"

쳐다보니 아이비가 뭉뚝하게 잘려진 아래쪽에 콩짜개난이 말라 죽어 있었다. 사람으로 치면 음덕으로 잘 살다가 그늘을 잃어버려 죽은 셈이다. 그러나 아이비는 끈질긴 생명력으로 잘려진 위쪽으로 가

31

지가 뻗어 올라가 잘 크고 있어 대조를 이루었다. 같이 어울려 상부상조하며 잘 살았으면 좋았을 텐데…. 못내 아쉬웠다.

화산으로 생긴 암석과 바위가 깔린 위에 이루어진 곶자왈. 〈환상숲〉이라는 이름을 가지기까지는 오랜 시간이 걸렸을 성싶다. 숲을 이루기 위해 때로는 가시덤불로 동물이나 곤충의 해침을 피하고, 때로는 가시를 세워 제 몸을 보호하다가 위로 뻗어 올라가서는 가시를 거두기도 하며 나름대로의 지혜로 숲을 이루었다. 숲이 처음 이루어지던 시기에는 곶자왈이 온통 가시덤불이었다는 숲지기 선생의 말에 고개가 끄덕여졌다. '수많은 시련을 겪었기에 아름다운 숲을 이룰 수 있었던 게 아닐까.'라는 생각이 들었다.

굵은 가시가 툭툭 불거져 나온 꾸지뽕나무 아래에서 멈추었다. 나무에 달린 가시는 손으로는 도저히 떼어낼 수 없을 정도로 단단하다. 꾸지뽕나무는 키가 작을 때는 곤충이나 작은 동물을 막기 위해 가시가 아래로 향한다. 올라오지 못하게 하기 위해서다. 좀 더 자라 위로 뻗으면 가시가 직각으로 자란다. 주변에 다른 나무들이 크지 못하도록 하기 위함이다. 그 다음에 키가 위로 엄청 커버리면 가시가 필요 없게 되어 자연히 없어진다. 한 나무에 세 가지 이변이 일어나는 셈이다. 눈으로 보고도 믿지 못해 사진으로 남기는 사람들이 더러 보였다.

크고 작은 화산암으로 이루어진 곶자왈은 '제주의 허파'라고도 부른다. 허파에 해당하는 '곶자왈의 숨골'이라는 곳에 내려가 보았다. 겨울이지만 더운 김이 올라오고 따스한 바람이 분다. 곶자왈은 비가 아무리 많이 내려도 지하로 스며들어 홍수가 일어날 염려가 없고 지하수는 습도와 온도를 조절해 여름에는 시원하게 겨울에는 따뜻하게 만들어 준다. 이런 자연환경이 조성된 덕분에 제주도 곶자왈은 세계에서 유일하게 남방한계식물과 북방한계식물이 공존하는 신비로운 곳이다.

숲을 벗어나 밖으로 나가니 바닷바람이 거세다. 제주도는 돌·바람·여자가 많아 삼다도라고 부른다더니 그 맛을 톡톡히 보여준다. 허나 이젠 바뀌어야 할 때가 온 것 같다. 곶자왈을 보고 나서 문득 떠오른 생각이다.

삼다도가 아닌 푸른 숲(淸林)·맑은 물(淸水)·깨끗한 공기(淸氣)가 있는 '삼청도三淸島'라고 하면 어떨까 싶다. 지금부터는 제주도라고 하면 삼청이 떠오르도록 어필해야 할 것 같다. 언젠가 숲·물·공기가 깨끗한 '삼청도'라고 불려질 날이 오기를 기대해 본다. 제주도에 왔으니 삼청을 마음껏 누리고 가야겠다.

귀밝이술

나이 들면 귀가 점점 어두워지는 반면 말소리는 더 커지기 마련이다. 본인이 잘 안 들리니 남도 그럴 거라고 크게 말한다. 뭐든 자기중심으로 몰고 가는 데서 나오는 행동이다. 아직까지는 귀가 잘 들려 다행이지만 앞으로 어찌될지 몰라 슬그머니 걱정이 된다.

걱정했던 일이 내 주변에서 일어났다. 요즘 들어 주변에 있는 도반스님들이 예전처럼 잘 듣지 못하는 걸 보니 나에게 닥칠 날도 바로 코앞인 듯하다. 귀가 어두워진 탓에 말소리가 전보다 더 커져 서로 얘기하는 것조차 싸우는 것처럼 들린다.

뿐만 아니다. 어쩌다 텔레비전을 보거나 음악을 들을 때 음향을 보통으로 조절해 놓으면 잘 들리지 않는다고 나발(나팔)처럼 크게 틀라고 성화를 먹인다. 아직까진 귀가 성한 나로선 여간 고역이 아니다. 그럴 땐 하는 수 없이 요구를 들어줄 수밖에…. 다 같이 늙어가는 주제에 시비를 걸 수도 없는 노릇이 아닌가.

소리가 잘 들리면 귀가 밝다고 말하고 잘 들리지 않으면 귀가 어둡다고 말한다. 아주 안 들리거나 세상소리에 어두우면 귀가 절벽이라 하고 남의 말을 잘 듣는 이를 두고 귀가 얇다 혹은 여리다고 한다. 또한 줏대가 없이 남의 말을 잘 듣는 이는 '팔랑귀'라는 별명으로도 부른다. 이렇듯 오감 중에 유독 귀에 대한 수식어가 많은 걸 보면 귀가 그만큼 중요하다는 것을 말하는 것인 듯하다.

올해도 일찌감치 동리목월문창대학이 새 학기의 문을 열었다. 첫 수업 하는 날, 문우 한 분이 귀밝이술과 떡, 안주가 될 부침개까지 푸짐하게 싸 왔다. 어제가 정월 대보름이어서 마음먹고 싸 온 성싶다. 수업 시작하기 전 다들 한 모금씩 마셨다. 올해도 좋은 글 소식 듣기를 발원하면서…. 왜 하필이면 귀밝이술이라고 했을까? 지금까지 의심 한 번 해 보지 않고 좋다니까 그냥 마셨던 술이다.

한문으로 이명주耳明酒·치롱주治聾酒·이총주耳聰酒라고도 불리는 귀밝이술은 정월 대보름날 맑은 청주를 차게 해서 마신다. 찬 술을 마시면 정신이 깨어나 '그 해는 귓병이 생기지 않아 귀가 밝아지고 한 해 동안 기쁜 소식을 듣게 된다'고 한다. 농경문화에서 나온 아름다운 풍속이다. 봄 농사를 짓기 전 여러 가지 정보를 서로 교환하고 한 해 농사를 풍요롭게 하기 위한 마음의 준비를 하기 위해 드는 축배일지도 모른다.

일본 유학 중, 을해년 정월 초하루에 용안사 대주원에 계시는 모리나가 소코우 큰스님께 세배를 드리러 갔다. 매주 일요일 아침, 두 시간 동안《벽암록》강의를 들으러 다니는 곳이다. 돌진하는 멧돼지가 그려진 두방지(일본에선 시키시色紙라고 부름)를 한 장씩 나눠주며 "올해는 모든 난관을 저돌적猪突的으로 뚫고 나가기를 바란다"는 덕담까지 들려 주셨다.

모리나가 큰스님의 고향은 도야마(富山)로 술을 잘 빚는 고장이다. 고향에서 보내온 명주銘酒가 있지만 한국 스님들은 마실 수 없으니 안타깝다는 말씀을 하셨다. 안 들었으면 몰라도 듣고 나니 고놈의 술을 한번 맛보고 싶어 귀밝이술에 대한 이야기를 들려 드렸다.

정월에 어른이 내리는 술은 남녀노소 누구라도 마셔도 된다는 내 말을 듣고 환하게 웃으시며 손수 한 잔씩 따라주셨다. 향긋한 향이 한참 동안 입속에 머물러 있던 특이한 술이었다. 그러나 애석하게도 이듬해에 큰스님이 열반하셔서 두 번 다시 귀밝이술을 얻어 마실 수 없었다. 어쩌면 그때 마신 귀밝이술 덕택에 일본 유학 중 학업에 열중했는지도 모르겠다.

그 뒤로는 귀밝이술을 마실 기회가 한 번도 없었다. 그런 탓인지 작년에는 귀에 고장이 나 이석증耳石症이라는 병을 앓아 한동안 머리가 어지러워 병원신세를 제법 졌다. 올해는 생각지도 않았던 귀밝이술을 같은 반 문우 덕택에 마시게 되어 귓병에도 걸리지 않고 기쁜 소식도 많이 들려올 듯하다. 같은 술이지만 명칭을 붙이기에 따라 술의 효능이 달라지는 성싶다.

우리 할머니는 정월 차례를 지낸 뒤 제사상에 올렸던 술을 어린 우리들에게 굳이 마시게 했다. 먹기 싫어 입을 꼭 다물고 있으면 귀가 밝아져 공부를 잘하게 될 거라며 억지로 입을 벌려 숟가락에 떠서 먹여주곤 하셨다. 자손사랑이 유별났던 할머니여서 남보다 뛰어난 손자손녀가 되기를 바라는 마음에서 그랬을 것 같다. 그땐 그런 마음을 헤아리지 못하고 얼굴을 찡그리며 매우 싫어했건만…. 할머니가 살아계신다면 해마다 귀밝이술을 마실 수 있었을 텐데 참으로 아쉽다.

〈계초심학인문誡初心學人文〉에 "독사가 물을 마시면 독이 되고 소가 물을 마시면 우유가 된다"는 구절이 있다. 술도 그와 같이 누가 마시는가에 따라 술의 효능이 달라지는 게 아닌가 싶다. 어떤 이에게는 약이 되고 다른 어떤 이에게는 독이 되니까. 우리 조상들은 이런 점을 잘 알고 '귀밝이술'이라는 이름을 지어 누구라도 마시고 귀가 밝아져 좋은 말만 듣기를 소원했으니 참으로 뛰어난 민족이었다는 자부심을 갖게 만든다.

앞으로 귀밝이술뿐만 아니라 마시면 눈이 맑아지는 눈맑이술도 생겨났으면 좋겠다. 더 욕심을 부리면 몸과 마음이 한꺼번에 깨끗해지는 '신심청정주身心淸淨酒'를 누군가가 개발해 마실 수 있는 날이 왔으면 싶다. 술은 취하는 게 맛이라지만 마셔서 몸과 마음이 맑고 깨끗해진다면 억만금을 주더라도 사고프다.

정초에 마신 귀밝이술 덕택에 글이 잘 써질 듯하다. 좋은 소식이 오기를 귀를 나발(나팔)처럼 열어 놓고 기다려야겠다.

다듬잇돌

앉아 있는 자리가 마뜩치 않다. 겨울이라 그런지 더더욱 을씨년스러워 보인다. 마땅히 옮길 곳도 없으니 그냥 둘 수밖에. 추위에 떨고 있는 걸 보니 처연한 생각이 들지만 별 도리가 없다.

나일론이나 합섬섬유가 나오기까지는 제법 유용하게 쓰던 물건이다. 지금은 본래의 역할을 잃어버렸다. 예전에는 무명이나 광목 같은 베옷을 즐겨 입었기에 없어서는 안 될 존재였다. 하지만 지금은 버림받은 신세다. 이전에 안방 아낙들에게 대우받던 시절을 생각하면 기가 막힐 일이다. 더군다나 자기 의지대로 오가지 못하고 살아야 하니 말 못하는 서러움이 오죽하랴 싶다.

"저거 어때요? 디딤돌로 놓으니 안성맞춤이죠."
지인의 집에 놀러갔더니 섬돌 위에 놓인 까만색이 도는 다듬잇돌을 가리키며 한 말이다. 골동품가게에 가서 사 왔다고 한다. 디디고 올라가보니 아주 편안하다. 내가 흡족해 하는 표정을 짓자 "3만 원 주고 샀어요. 싸죠?"라며 묻지도 않는 말을 한다. 맘에 쏙 들었나 보다.

내가 만든 꽃밭 앞에도 똑같은 놈이 하나 있다. 깨진 질그릇에 꽃을 심어 그 위에 올려 놓은 뒤로 위치를 하나도 바꾸지 않고 10여 년째 그대로다. 위상을 높여 주고 싶지만 딱히 역할을 줄 게 없다. 그나마 지인은 땅에서 댓돌 위로 올려 놓았으니 본래의 자리는 찾지 못했지만 조금은 신분 상승을 한 셈이다.

그전에는 대청마루나 안방에 앉아 귀한 대접을 받았다. 먼지나 때가 묻을까봐 다듬잇돌에 덮개까지 씌워 애지중지하며 귀하게 여겼다. 계절에 따라 여름엔 대청마루, 겨울엔 안방으로 옮겨 다니며 아낙들의 귀여움을 독차지하던 때가 있었다.

동짓달엔 해가 짧아 밤이 이슥하도록 다듬이 소리를 낸다. 또드락 똑딱거리며 밤공기를 타고 울려 오는 소리는 여인들의 한풀이를 대신하는 노래같이 들린다. 장단을 맞추며 두드릴 양이면 드럼 치는 소리보다 더 신나는 박자다. 옛 여인네들은 한 맺힌 시집살이를 다듬이질로 막힌 속을 시원하게 풀어버리지 않았나 싶다. 아니면 팔뚝에 힘을 주어 걱정 근심이나 시름을 떨쳐버리는 수단으로 다듬이질을 했을지도 모르겠다.

다듬이방망이 소리는 시작하기 전에 똑똑똑 전주곡을 울린다. 그러다가 똑딱 똑딱 또드락 똑딱 하며 소리를 잡아간다. 엿장수가 제멋대로 가위질을 하지만 묘하게 장단이 들어맞는 것과 같다. 아무리 능숙한 록 밴드의 드럼주자도 다듬이방망이의 빠름을 따라갈 수 없을 듯하다. 한참 흥이 올라 또드락 똑딱 오르내리며 다듬잇돌을 두드리는 빠른 속도를 누가 감히 흉내 낼 수 있단 말인가.

오케스트라 단원들이 악장마다 잠깐 쉬며 음을 고르듯 다듬이방망이도 어느 정도 두드리고 나면 쉬는 시간을 가진다. 옷이 반듯하게 손질이 되도록 다시 개켜놓아야 해서다. 이런 과정을 몇 번 거듭한다. 옷감에 따라 3악장으로 끝날 때도 있지만 5악장까지 가는 일도 있다. 마지막에 방망이를 놓을 땐 또-옥 또-옥 똑 소리를 내며 조용히 마침표를 찍는다.

다듬이소리는 나무와 돌, 그리고 사람과의 조화에서 나오는 자연의 합창이어서 가슴에 긴 여운을 남긴다. 장엄하게 마지막 팡파르를 울려 가슴을 꽝 때리는 서양의 교향곡과는 판이하게 다르다. 다듬이는 다듬이방망이, 다듬잇돌, 두드리는 사람이 어울려 음을 창출해낸다. 둘이서 두드릴 때는 서로 장단을 맞춰 기막힌 하모니를 이룬다. 그야말로 자연이 만들어내는 음악 소리다.

여중 1년 겨울방학 때 큰집이 있는 대구로 놀러갔다. 시집갔던 작은언니가 와 있었다. 무슨 일이 있었는지 언니는 먼 산을 보며 한숨을 쉬고 있었다. 왜 그러는가 싶어 의아해 하니 할머니가 귓속말로 본

마누라가 있는 걸 알게 돼 친정으로 왔다는 사연을 짤막하게 전해 주었다. 60여 년 전이라 중매로 결혼하다 보니 그런 일이 더러 생겼 다. 스물이라는 앳된 나이에 뭣도 모르고 시집갔다가 1년도 채 안 돼 그런 사실을 알았으니 속이 말이 아니었을 게다.

하릴 없이 멍하니 앉아 있는 언니가 보기 딱했던지 할머니는 양단 치마저고리 뜯은 것을 다듬이질해 보라고 시켰다. 뭘 하고 싶은 생 각이 전혀 없으니 빨래방망이 두드리듯 세게 두드린다. 할머니가 "옷에 구멍 날라 좀 살살 해라"고 하며 잔소리를 했지만 마이동풍 이었다. 언니는 들리는지 마는지 다듬이방망이를 쥐고 계속 둔탁한 음을 내고 있었다.

다듬이방망이가 내는 불협화음은 언니의 마음을 그대로 나타내는 것 같았다. 속에 쌓인 앙금을 털어내려고 그랬을까. 아니면 죄 없는 다듬잇돌에 화풀이라도 해야 직성이 풀려서일까. 퉁탕 퉁탕 퉁탕 하 염없이 두드린다. 고르지 못한 소리가 계속 귓전을 울려도 할머니는 더 이상 뭐라고 하지 않았다.

예전 어른들은 다듬이방망이 소리만 듣고도 다듬이질이 잘 되는지 잘못 되는지를 가늠했다. 다듬이질하는 옷감은 겨울엔 두꺼운 무명 부터 광목, 양단, 모본단, 호박단 등이고 여름엔 얇은 갑사로부터 생 명주에 이르기까지 다양했다.

다듬이방망이 소리는 명주나 갑사는 안단테나 아다지오처럼 느리고 부드럽게, 양단이나 모본단 등은 알레그레토로 조금 빠르게, 무명이나 광목, 이불 홑청 등은 알레그로 비바체로 빠르고 경쾌하게 가다가 프레스토 아지타토로 매우 빠르게 두드려야 올이 잘 서고 천에서 빛이 난다. 이런 리듬을 타고 손질한 옷은 진솔 때보다 옷매무새가 고와 입으면 태가 났다. 다듬이질이 잘 된 명주나 갑사는 구름무늬가 어른거려 신비감마저 자아냈다. 지금은 이런 옷을 보려 해도 볼 수 없어 참으로 아쉽다.

다듬이방망이는 둥글게 깎여져 있고 가운데가 약간 볼록하게 되어 있다. 그래야만 고르게 힘이 가기 때문이다. 조상들의 지혜가 엿보이는 물건이다. 다듬잇돌도 앞에서 보면 가운데 부분이 약간 도드라져 있어 방망이와 서로 조화를 이룬다. 그런 세심한 배려 덕분에 다듬이질을 효율적으로 잘할 수 있다.

그러나 다듬이질은 숙련된 기술이 필요해 잘못하면 옷에 구멍이 나거나 천이 미어져서 옷으로의 가치를 상실하게 된다. 뭐든지 적당히 해야지 넘쳐도 모자라도 탈이 나는 법이다. 사람이나 물건이나 세게 다루면 부러져서 다치게 되고 살살 다루면 질이 나지 않아 무용지물이 되기 때문이다.

지금은 다듬이질을 할 일이 거의 없다. 30여 년 전까지는 다듬잇돌을 자주 사용하였다. 이젠 아예 손질해야 할 옷은 입지 않는다. 빨아서 말리면 그냥 입을 수 있어서다. 편리함에 한번 물들면 벗어나기 힘들어 손이 가는 옷을 입지 않게 된다. 자기 자리를 빼앗긴 다듬잇돌은 세월이 더 흐르면 본래 뭘 하던 물건인가조차 기억하기 어렵게 될 성싶다.

사람은 앉을 자리 설 자리를 알아야 철이 든다고 말한다. 앉고 설 자리를 잃은 다듬잇돌은 어떤 마음일까. 본래 앉았던 자리에 앉기는 아예 글러 버렸기에 스스로 포기했는지도 모르겠다. 정말 안쓰러운 일이다. 그러나 다듬잇돌은 울지 않는다. 지구가 돌고 돌 듯 유행도 돌고 돌아 언젠가 제자리를 찾을 날이 오리라는 걸 믿고 앉은 자리에서 오직 기다리는 것 같다.

다듬잇돌 위의 깨진 질그릇 화분이 기우뚱 기울어져 있다. 다듬잇돌 가운데가 약간 부른 탓이다. 납작하고 작은 돌멩이를 몇 개 주워 와 밑을 고여 주었다. 아까보다 자세가 반듯해져 편안해 보인다. 손에 묻은 흙을 털고 일어섰다. 앉은 자리가 제자리인 것처럼 보인다. 공연히 걱정을 한 건 아닌가 싶다. 위를 올려다 보니 하늘은 여전히 높다.

발가락이 옷을 입다

여름이 오면 집안에서는 주로 맨발로 다닌다. 외출할 땐 어쩔 수 없이 양말을 신고 나가지만 집에 돌아오면 신발도 양말도 이내 벗어 버린다. 무엇보다 발이 갑갑해 발가락들을 빨리 속박에서 풀려나게 해 주고 싶어서다.

예전에는 앞코가 약간 올라간 버선을 신었다. 버선 신은 발 맵시가 예뻐 판소리 〈춘향가〉에서는 "오이씨 같은 버선발로 사뿐사뿐 걸어 온다"라고 표현했다. 그러나 오래 신으면 발가락이 아픈 게 흠이다. 어릴 때 엄마가 어디 다녀오면 버선부터 벗어 발을 쉬게 했다. 발이 조이니까 발가락을 해방시키기 위해서다. 특히 무지외반증拇指外反症으로 엄지발가락이 새끼발가락 쪽으로 기울어져 뼈가 튀어나온 사람들에겐 버선 신는 것 자체가 고역이었을 게다.

광목으로 만든 버선은 잘 헤졌다. 떨어진 버선에 버선볼을 받아 베

올을 일일이 맞춰 꿰매느라 고생깨나 했던 시절도 있었다. 예쁘게 꿰매 신으면 진솔 못지않을 만큼 예뻤다. 이젠 잘 신지 않아 박물관에 들어갈 유물이 되어버릴 처지지만… 중학교 다닐 때만 해도 가정시간에 버선볼 받는 법을 배웠다. 학교에서 떨어진 버선과 광목 조각을 선생님이 가져오란다고 엄마에게 얘기했더니 이렇게 말했다.

"아이고, 그런 걸 학교에서 다 가르치나. 내가 하면 일등 하겠다."
학교라고는 초등학교 2학년까지 다닌 게 전부인 엄마라 신기했던 모양이었다. 중학교에서 배운다는 게 고작 버선 꿰매는 일이라니, 그런 생각이 드는 게 무리는 아니었을 게다.

발가락이 답답한 환경에서 풀려난 것은 근세에 들어서부터다. 양말이라는 것이 등장해서다. 버선에 비해 발가락이 아주 편해 남녀노소의 사랑을 듬뿍 받았다. 그 중에 나일론양말은 일등공신이다. 밤 늦도록 전등불 아래서 면양말을 꿰매던 노동에서 해방이 되었기 때문이 아닌가 싶다. 게다가 여자들의 스타킹 양말은 늘씬한 각선미를 살려 주었고 멋진 디자인양말은 발을 예쁘게 포장해 주었다. 말하자면 양말의 패션시대가 열린 셈이다.

일전에 어느 신도가 발가락양말을 사 왔다. 장갑은 다섯 손가락이 다 들어가도 손가락장갑이라고 하지 않건만 유독 양말만 발가락양말이라고 하는지 모르겠다. 그전부터 남들이 신은 것은 봐 왔지만 신어보기는 처음이다. 답답할 거라고 생각했으나 신어 보니 의외로 시원한 느낌이 들었다. 처음엔 발가락이 제각각 놀아 발모양이 이상한 듯했지만 그다지 나쁘지 않았다. 내려다보니 발가락들이 제각각 옷을 입고 서로 봐달라는 듯이 애교스런 표정을 짓는다. 그냥 신고 있으려다가 아무래도 갑갑한 듯해 벗어서 구석에 개켜 놓았다.

어찌 보면 발가락양말은 발을 최대한으로 보호해 주는 발명품이랄 수 있다. 이것이 없었다면 발을 통풍시켜야 할 무좀이나 습진 등 피부병에 시달리는 사람들은 고통에 시달렸을 게다. 발가락마다 방을 만들어 들어가게 한 것은 아마 손가락장갑을 보고 본을 딴 것 같다. 발가락끼리 서로 부딪치지 않도록 간막이를 해주니 비좁긴 해도 독립된 기분일 듯하다. 어릴 적엔 형제들끼리 한방을 쓰다가 커서는 각자 자기 방을 갖게 된 것과 별반 다르지 않을 것 같다.

무좀 때문에 발가락양말만 신는 스님이 이런 말을 했다.
"발가락양말이야말로 내 발을 구해준 은인과 같아요. 이젠 없어서는 안 될 필수품이랍니다."

무좀이 있는 사람이 맨발로 다니면 다른 사람들에게 균을 옮기게 된다고 질색을 한다. 그런 사람들에겐 발가락양말이 정말 고마운 존재임에 틀림이 없을 성싶다. 발가락이 따로 놀아 숨을 쉴 수 있어 시원하기에.

발가락이 입는 옷은 나라마다 다르다. 우리나라에선 예부터 다섯 발가락이 다 들어가는 버선이 있는 것에 반해 일본에서는 엄지발가락만 따로 들어가는 치카다비(地下足袋)라는 게 있다. 하얀 천으로 만든 얇은 것은 다회나 결혼식 등 예의를 갖출 장소에 갈 때 신고 신발은 엄지발가락을 끼는 죠우리(草履)를 신는다. 일할 때 신는 작업양말은 모양은 같으나 색깔이 짙은 두꺼운 천으로 만들었으며 길이는 짧은 것에서부터 장화처럼 긴 것까지 있다. 밑바닥에는 고무창을 대어 신발 역할까지 한다. 노동자들이 주로 애용하는 걸 보면 작업기능성과 편리성을 고려해서 만든 신발인 성싶다.

발은 몸뚱이의 맨 아래에 있다. 그래선지 '발에 차인다' 혹은 '발에 차였다'라고 좋지 않은 느낌을 주는 말이 생겨난 것 같다. 물건이 너무 많아 가치가 없을 때, 혹은 상대방이 내 진심을 받아들이지 않을 때 쓰인다. 특히 실연을 당한 사람에게는 아주 큰 상처를 주게 되는 말이다. 이처럼 발은 억울하게도 자신의 뜻과 상관없이 본의 아닌 말을 듣기도 한다.

어릴 땐 "발이 머리 위를 넘어 다니면 안 된다"라는 잔소리를 많이 듣고 자랐다. 예의범절을 중시하던 시절의 말이긴 하나 요즘에도 주목해야 할 말이 아닌가 싶다. 나름대로 일리가 있고 납득이 가서다. 아닌 게 아니라 누워 있는 머리 위로 발이 지나다니면 기분이 나쁜 건 사실이다. 지금은 마구잡이로 머리 위를 발이 밟고 다녀도 그런 말을 해 주는 어른들이 없어 아쉽다.

발이 귀한 대접을 받을 때가 있다. 중국이나 동남아를 여행하다 보면 자유선택으로 발마사지를 받을 기회가 더러 생긴다. 마사지사가 발가락 사이사이까지 꼼꼼하게 만져 피로를 풀어주는 서비스를 받는다. 나무로 치면 발은 나무뿌리에 해당하므로 뻗어 나간 뿌리 역할을 하는 발가락을 소중히 건사해야 하는 건 당연지사거늘. 이제껏 발이 신체의 가장 밑에 붙어 있다는 이유만으로 천대를 한 셈이다. 발마사지로 조금이라도 보상을 해 준 것 같아 덜 미안스럽다.

불교 경전에도 발 이야기가 나온다. 《금강경金剛經》에 '세족이부좌이좌洗足已敷座而坐'라는 구절이 첫 장에 나온다. 부처님께서는 법을 설하기 전에 발을 깨끗이 씻고 자리를 펴고 앉으셨다는 뜻이다. 부처님이 사셨던 인도는 더운 곳이라 늘 맨발이어서 법을 설할 자리에 앉을 땐 발을 정갈하게 하고 앉아 법을 설하기 때문이다.

'정례불족頂禮佛足'이라는 말도 있다. 부처님께 법을 청할 때 가장 공경하는 표시로 부처님 발에 정수리를 대고 예배를 올리는 의식이다. 몸뚱이에서 가장 아래에 있는 발에다가 가장 높은 곳에 있는 정수리를 대고 예를 올린다는 의식은 자기 자신의 마음을 끝까지 내려놓는 하심下心*을 실천하는 게 아닌가 싶다. 이때만큼은 신체의 제일 아래에 있지만 최상의 예우를 받는 귀한 발이다.

＊하심下心 : 불교용어로 가장 겸허한 마음씨를 말한다.

발이 중요하다는 건 알고 있었지만 고마운 줄 모르고 살았다. 발이 없다면 걸을 수도 뛸 수도 없어 한 걸음도 움직일 수 없지 않은가. 그걸 여태 모르고 살았다니 한심스럽다. 이제야 철이 들었는지 새삼 소중하다는 걸 깨닫는다. 지금부터라도 잘 섬겨야겠다고 다짐을 한다.

개켜 놓았던 발가락 양말을 꺼내 방안에서 신어 본다. 발가락마다 치장을 하고 서로 모양새를 뽐내느라 야단들이다. 귀여운 생각이 들어 "다음에는 더 멋진 옷을 입혀 줄게"라고 속삭이자 발가락들이 춤을 추듯 꼼지락거린다. 옷을 입어 기분이 좋은지 밖으로 나가자고 보챈다.

저렇게 좋아하는 걸 여태껏 해 주지 않았다니…. 앞으로는 집에서도 발가락에 옷을 꼭 입혀야겠다.

석승 선생

요즘은 이가 아프면 당연히 치과에 간다. 간판이 걸린 의사에게로. 그런 게 정석이지만 예전에는 그렇지 못했다. 정식으로 면허를 가진 치과가 드물었고, 있다 하더라도 치료비가 비싸 아예 갈 수 없는 형편이었다. 그러다 보니 이가 아프면 속칭 야매치과의사에게 가는 게 보통이었다.

40여 년 전만 해도 가짜 치과선생으로 인해 울고 웃는 일이 한두 가지가 아니었다. 가난한 시절이라 면허치과보다 훨씬 싼 맛에 돌팔이의사를 선호해서다. 그런 가짜배기 의사라도 잘 만나면 괜찮지만 잘못 만나면 고생은 고생대로 하고 돈은 돈대로 드는 이중고역을 치르기도 했다. 게다가 몰래 하는 영업이다 보니 한 곳에서 오래 하지 못하고 이리저리 옮겨 다니는 통에 뒤탈이 나면 어디에다 호소할 길도 없는 막막한 실정이었다.

유학의 거목으로 합천 초계면에 사셨던 추연秋淵 권용현權龍鉉 선생
도 예외는 아니었다. 추연 선생이 풍치가 생겨 견딜 수 없을 정도로
아파 동네 돌팔이치과의사에게 이를 보이러 갔다. 무면허다보니 도
구도 변변치 않은데다가 마춰 주사약마저 떨어져 생니를 그냥 뽑아
버렸다. 선생이 피를 흘리며 절절매니 모시고 간 제자가 뿔이 나서
한마디 내뱉었다.

"이놈의 돌팔이의사가 우리 스승님을 이렇게 해 놓다니."
그 말을 들은 추연 선생이 이렇게 말했다.
"글 배우는 유생儒生이 점잖게 말을 해야지. 석승石繩 선생이라고 부
르게."

아무 영문도 모르고 돌팔이의사는 석승이라는 호를 받았다고 좋
아한 것은 물론이다. 석승을 풀이하면 돌팔이와 발음이 같은 돌파
리라는 걸 몰랐으니 망정이지 알았다면 어떤 표정을 지었을까. 추연
선생은 당신을 아프게 한 만큼 석승이라는 당호로 통쾌한 한 방을
멋지게 날린 셈이다.

문제는 그 다음이다. 엉터리 치료를 받은 덕에 덧이 나니 더 아팠다.
돌팔이지만 그나마 동네에 하나밖에 없어 하는 수 없이 또 찾아갔다.

"석승 선생 계시오."
"여기 그런 사람 없는데요."

갑자기 선생이라는 칭호를 받으니 얼떨결에 나온 대답이다. 돌팔이 의사는 석승이라는 한자의 뜻을 끝내 모르고 넘어갔다. 당시 선생을 모시고 면학했던 제자에게서 들은 이야기다. 그는 다름 아닌 불국사승가대학 학장인 덕민德敏 스님이시다.

옛 어르신들은 이처럼 절박한 상황 속에서도 풍자와 해학諧謔이라는 여유를 즐겼다. 요즘은 이런 여유로운 마음가짐을 가진 이가 드물다. 뭐든 평퐁처럼 되받아 숨 돌릴 사이 없이 다시 돌려주느라 숨 한 번 쉴 여유조차 갖지 못한다. 아예 여유라는 걸 허락하지 못하는 형편이라고나 할까. 추연 선생처럼 시원한 청량제 같은 말 한마디를 던질 수 있는 넉넉한 살림살이가 그리워진다.

요즘은 해학과 풍자로 속까지 시원하게 뚫어 주는 말이 절실하게 요구되는 시점이다. 무엇 때문에 멋진 웃음을 주는 말들을 잃어버리고 살게 된 걸까. "영국인들의 유머는 뜻이 매우 깊어 무덤에 들어가서야 웃게 된다"고 한다. 죽어서까지 무덤 속에서 웃을 수 있는 여유가 부럽다. 바쁜 일상 속에서 듣는 재치 있는 말 한마디는 모든 피로를 사라지게 만드는 힘을 갖고 있다. 그렇게 살고 싶지만 그게 마음대로 되지 않는 현실이 안타까울 뿐이다.

선원에서 석승 선생에게 이를 몽땅 뽑혀버린 사건이 생겼다. 어느 선방에서나 해마다 동안거에 들어가면 일주일간 용맹정진에 들어간다. 음력 납월臘月(12월) 초하루부터 여드레까지 일주일간이다. 그 기간 중에는 누워서 잠을 자지 않고 장좌불와長坐不臥*를 한다. 참선할 때 잠을 이기지 못해 깜빡 졸면 장군죽비로 살이 부르트도록 맞는다. 맞지 않으려고 이를 악물고 잠귀신인 수마睡魔를 쫓아내다 보니 용맹정진이 끝나면 거의 다 이가 솟아올라 배추김치조차 씹을 수 없게 되어버린다.

선배스님 한 분이 용맹정진 할 때 졸지 않으려고 너무 애쓴 나머지, 잇몸이 모두 부어올라 아무 것도 먹을 수 없게 되었다. 미지근한 소금물로 씻어내고 백반을 입안에 무는 등 민간요법으로 별짓을 다해도 잇몸이 점점 더 아파왔다. 할 수 없이 돈 없는 수행승이라 절 아래에 사는 석승 선생을 찾아갔다. 정식의사가 아니니 진단도 제멋대로였다.

"스님, 잇몸이 내려 앉아 이젠 이빨을 쓸 수 없습니다. 몽땅 빼고 틀니를 해야 됩니다."

의학상식이 없는 절간의 스님이라 돌팔이임을 알면서도 그리 해 달라고 애원하다시피 부탁을 드렸다. 당장 아무 것도 먹을 수 없으니 틀니라도 감지덕지였던 것이다. 아직 20대 후반의 젊은 나이였건만…. 그런 뒤로 치아의 고난이 계속되었음은 두말할 나위도 없다. 그 뒤로 돌팔이가 만든 싸구려 틀니를 하고 밥을 먹으니 언제나 입

---

* 장좌불와長坐不臥 : 오랫동안 눕지 않고 앉아서 정진하는 수행.

안에서 덜그럭거리는 소리가 났다. 처음에는 아직 젊은데 설마 틀니를 해 넣었을 리가 없다 싶어 사람들이 곧이 듣지 않았다. 나중에 틀니라는 것을 아는 순간 모두 충격을 받아 놀라움을 금치 못했다.

선배스님이 정식으로 치과에 가서 틀니를 새로 한 것은 그로부터 30년이 지나서였다. 비용을 마련할 여유가 없어 시간이 너무 많이 흘러 버렸다. 겨우 마련한 돈으로 새로 틀니를 해 넣으니 기적이 일어난 듯했다. 그도 그럴 것이, 깍두기를 몇 십 년 만에 씹게 되니 너무 감격해 눈물이 핑 돌았다고 한다. 정말로 본인의 역사에 길이 남을 한 페이지가 아니었나 싶다. 씹을 수 없었던 그간의 고통을 한꺼번에 보상받은 것 같았으리라.

이젠 나이가 드니 이빨이 점점 시원찮아진다. 그러나 걱정하지 않는다. 예전에 설치던 무면허 치과의사들이 거의 사라져 버려 생니를 빼고 틀니를 할 염려는 없어져서다. 한편으론 석승 선생이라고 부를 수 있는 기회를 놓친 것 같아 아쉬움이 남는다. 한 번 써 먹고 싶었건만….

이가 아파 오니 얼른 치과부터 가야겠다. 그런데 은근히 걱정이 된다. 예전에는 석승 선생이라는 걸 쉬이 알 수 있었으나 면허증 뒤에 숨은 돌파리 선생은 알 수 없어서다. 알고도 속고 모르고도 속는 세상이라지만 혹시나 그런 의사가 있을까 염려스럽다. 추연 선생이 계셨다면 그런 선생에게는 뭐라고 이름 지어주시려나.

약속

선화가禪畫家 수안 스님이 주석하는 문수원이다. 차에서 내리자마
자 어떤 보살님이 나와 "스님은 아침부터 출타하셨다"고 한다. 그 말
을 듣는 순간 머리가 멍해졌다. 어제 전화할 땐 내일은 절에 있을 거
라고 분명히 말했건만, 아마 깜빡한 듯하다. 어이가 없었으나 내색하
지 못하고 오후에 다시 들리겠노라 말하고 10분 거리에 있는 통도
사로 핸들을 돌렸다.

애초에 겸사겸사 통도사 홍매를 보기로 했기에 일주문으로 발걸음
을 옮겼다. 아직 조춘이지만 봄볕처럼 따사롭다. 경내는 평일이어도
남보다 먼저 봄을 맞이하려는 상춘객으로 제법 붐빈다. 남쪽으로
향한 홍매는 벌써 꽃을 활짝 터트려 향기를 풍긴다. 꽃내음을 들이
키며 좀 더 가까이 가보려 했더니 들어가지 못하게 사방을 목책으
로 막아 놓았다. 목책을 치지 않았다면 사람들에 에워싸여 나무가
숨도 제대로 못 쉬었을 듯싶다.

주변에는 사진을 담으려는 사람들로 복작거린다. 꽃이 지기 전에 홍매의 아름다움을 렌즈에 정지시키기 위해서일게다. 꽃은 져도 사진 속에서는 찍었던 그 순간에 머물러 있을 테니까.

약속이 깨진 덕에 홍매를 먼저 볼 수 있어 도리어 기분전환이 되었다. 경내를 한 바퀴 돌고 나오다가 성보박물관에 들를까 했더니 가는날이 장날이라고 휴관일이다. 약속은 하지 않았으나 통도사 박물관 소임을 맡은 송천 스님이 생각나 전화를 했더니 마침 받는다. 통도사 앞에 있는 화실에 있노라고 해서 들렀다. 약속이 어그러졌기에 다른 만남이 이루어졌다. 그 덕에 스님이 불화 그리는 작업을 곁에서 볼 수 있는 보람된 시간을 가졌다.

출가하기 전의 일이다. 친구 K와 오전 열 시에 약속을 해 놓고 깡그리 잊어먹었다. 점심을 먹은 뒤에야 생각이 났다. 시계를 보니 오후한 시 반을 넘기고 있었다. 당시엔 전화가 거의 없던 때라 연락할 길도 없어 요행을 바라고 무작정 가 보았다. 약속장소인 이층다방으로 올라가려는 순간 뒷모습이 눈에 익어 불러 보니 K였다.

반갑기도 하고 미안하기도 해서 엉거주춤 서 있었다. 그는 열두 시까지 기다리다가 근처에서 점심을 먹고 행여나 싶어 또 와 보았다고한다. 불평 한마디 하지 않고 늦게나마 만날 수 있어 반갑다고 말했다. 그땐 서로 믿음이 있고 마음의 여유가 있었던 시절이었다. 그런일을 깜빡 잊어버리고 아까 잠시나마 언짢아했던 게 바끄럽다.

지금은 스마트 폰이 있어 여러 가지로 편리하다. 그러나 편한 만큼 상대방을 서로 구속하는 느낌이 든다. 약속을 해 놓고 기다리는 동안도 참지 못해 어디쯤 오고 있나, 몇 시쯤 도착하느냐는 등 서로 연락하며 조바심을 낸다. 약속이란 신뢰감에서 시작되어야 하건만 믿지 못해 몇 번이나 확인전화를 해대는 걸 보면 한심스러운 생각이 든다.

사람과 사람과의 약속에 문명의 이기가 끼어들어 도리어 불편한 관계를 만드는 게 아닌가 싶다. 통신연락이 안 돼 갑갑하고 답답했지만 정이 있고 믿음이 있었던 예전으로 돌아가고프다. 나이가 들다 보니 지난일이 그리워져 그런 생각이 드는지 모르겠지만….

새해를 맞이할 때마다 계획을 세우고 올해는 꼭 지킬 거라고 맹서를 건다. 말하자면 자기와의 약속이다. 그러나 계획대로 잘 돌아가지 않는다. 왜냐하면 다른 사람과의 약속은 깨지면 화를 낼 뿐만 아니라 분통까지 터트리면서 자기 자신과의 약속은 지키지 못해도 관대하게 그냥 넘어간다. 게다가 '내년에 하면 되지'라고 스스로 위로하면서 늘어지는 엿가락처럼 느긋해져서다.

살다보면 애당초 자신에게 약속했던 대로 가게 되는 일은 거의 없다. 그런 줄 알면서도 해마다 지키지 못할 약속을 왜 반복하면서 사는지 모르겠다. 올해는 꼭 해 내리라는 희망이라도 걸어야 사람노릇하는 것 같아 그러는 게 아닌가 싶다.

만남이 있으면 헤어짐이 있게 마련이다. 그러기에 만나려는 약속뿐만 아니라 헤어지려는 약속도 수없이 하며 산다. 남녀가 혼인서약을 하고 검은 머리가 파뿌리가 되도록 살겠다고 약속하지만 얼마 가지 않아 혼약이 깨져 이별하는 부부가 얼마나 많은가.

예전엔 한 번 결혼하면 여자는 그 집안의 귀신이 될 때까지 살아야 하는 걸로 알았다. 이젠 시대가 바뀌어 결혼한 지 얼마 안 돼 이혼하는 부부가 많아져 '이대로 좋은 걸까?'라는 의구심이 든다. 약속을 깨는 걸 예사로 아는 풍조가 만연되어서인 듯하다.

〈약속〉이라는 영화 평에 소제목으로 '쉽게 허락할 수 없는 이별의 약속'이라는 문구가 눈에 들어 왔다. 세상에서 제일 슬픈 날이 될지도 모르는 날짜를 어찌 쉽사리 잡을 수 있겠는가. 생각만 해도 눈물이 나오려 한다. 만남이든 이별이든 어느 쪽이든 간에 약속은 지키는 것이 도리가 아닌가 싶다.

화실을 나와 점심을 먹고 있는데 전화가 걸려 왔다. 문수원이었다. 빨리 가려고 발걸음을 재촉했다. 처음부터 약속이 지켜졌더라면 오늘 하루는 평범했을 것이다. 오후에 약속이 이루어져서 오히려 잘된 성싶다. 때로 이런 일이 생기는 것도 그리 나쁘지만은 않다.

수안 스님은 향곡 큰스님이 살아생전에 월내 묘관음사에서 한 철을 살았다. 당시 길상선원에서 정진하며 매일 색다른 메뉴로 큰스님께

국수공양을 올렸다는 이야기를 큰스님께 들은 적이 있었다. 〈불교신문〉에 '향곡 큰스님 일화'를 실을 때여서 수안 스님을 뵙고 더 상세한 이야기를 듣고자 가게 되었다.

볼일을 끝내고 문수원을 나서는 발걸음이 절로 가벼워진다. 소나무숲을 지나며 속도를 늦추고 천천히 핸들을 돌렸다. 약속의 여운餘韻을 더 느끼고 싶어 차문을 열고 맑은 공기가 들어오게 하니 계곡의물소리가 여음餘音으로 조용히 밀려와 귓전에 내려앉는다.

여생을 금강산에서 보내고 싶다

텔레비전에서 〈고향의 봄〉이 흘러나온다. 탈북해 온 할머니 할아버지들이 모여 만든 합창단의 울림이다. 얼굴이 드러나면 북에 있는 가족에게 피해가 갈까 봐 모두 다 가면을 쓰고 노래한다. 새해를 맞이해 고향에 가고픈 마음을 담아 한과 꿈이 서린 소리를 토해 낸다. 분단국가의 서러움이 절절히 전해진다.

은사이신 혜해慧海 스님은 이북에 고향을 두고 온 실향민이다. 흥륜사에서는 우리 스님이 거처하는 요사를 법기암法起庵이라고 부른다. 출가본사가 금강산 신계사 법기암이어서 북녘 땅을 바라보며 늘 그리워해 법기암이라고 새겨 현관 입구에 걸어드렸다. 금강산은 아니지만 현판이라도 보면 조금이나마 마음에 위안이 될 것 같아서다.

금강산이 개방되었을 때 제일 기뻐한 사람은 우리 스님이셨다. 오매불망 그리던 금강산. 마음대로 출입할 수 있는 허가증까지 제공 받아 얼마 동안은 그곳에 머물 수 있었다. 그러나 그런 기쁨도 잠시 잠깐. 몇 년 안 돼 절망으로 바뀌었다. 금강산을 계기로 통일의 물꼬가 트일 기미가 보이는 것 같아 그렇게 기뻐하셨건만…. 은사스님이 원하는 남북통일은 언제쯤 이루어지려나. 가슴이 쓰리다.

한국동란 때 불타 없어진 금강산 신계사의 복원불사를 할 때였다. 우리 스님은 구십이 가까운 노구를 이끌고 화주하러 나섰다. 오로지 남북통일을 위한 일념으로 1억여 원을 거둘 정도로 출가본사가 있는 금강산에 대한 사랑이 남달랐다. 지금은 신계사를 꿈에서만 다시 볼 수 있으니 애타는 마음이 오죽하겠는가 싶다. 그러기에 다른 뉴스거리엔 도통 관심이 없으면서 남북통일이나 금강산에 관한 소식만 나오면 유난히 눈을 반짝이며 귀를 열어 놓고 들으신다. 이제라도 기다리던 통일이 오면 '금강산에서 여생을 보내고 싶다'고 푸념하듯 말씀하시는 은사스님의 염원은 오늘도 계속된다.

'우리의 소원은 통일'이라는 노래처럼 은사스님의 발원은 오로지 남북통일이다. 사시마지를 올릴 때 빼놓지 않고 하는 축원은 '남북통일'과 '세계평화'이다. 두 손을 모으고 간절히 비는 모습은 뒤에서 보기만 해도 숙연해진다. 올해 구십하고도 여덟으로 백세가 내일 모레지만 매일 빠트리지 않고 드리는 기도는 늘 새롭다.

한국전쟁 이후 나라가 남북으로 나뉘진 지 반세기를 훌쩍 넘었다. 벌써 70년이 다가오건만 아직도 민족의 염원인 남북통일이 언제 이루어질지 요원하여 안타깝기만 하다. 매년 해가 바뀔 때마다 남북이 서로 목소리를 낸다. 두 사람의 의견이 일치하는 것도 쉽지 않거늘 남북이 의견을 하나로 좁히는 것은 더더욱 어려워 평행선을 달리듯 팽팽해지기만 한다. 그렇다고 나쁜 소식만 들리는 건 아니다. 올해는 '평창 동계올림픽'을 계기로 종목에 따라 단일팀이 구성되었다고 한다. 왠지 통일로 가는 길이 점점 가까워지는 듯해 또 기대를 걸어 본다.

김광규의 〈동서남북〉이라는 시에 이런 구절이 나온다.

봄에는 연녹색 물결 북쪽으로 퍼져 올라 간다.
철조망도, 군사 분계선도 거리낌 없이 북상한다.
(…)
가을에는 황금빛 물결 남쪽으로 퍼져 내려온다.
비무장 지대도, 민통선도 거리낌없이 남하한다.

계절은 휴전선을 넘어 자유로이 오고가지만 남과 북에 떨어져 사는 우리는 사지가 멀쩡해도 넘나들지 못한다. 시를 읽다 보면 가슴이 울컥해 눈시울이 뜨거워진다.

신라가 삼국통일의 위업을 이룬 이래로 우리 민족은 천년 이상 쭉 하나로 내려왔다. 그러기에 다시 하나가 되어야 마땅한 일이다. 그러려면 제일 먼저 남북이 한 마음 한 뜻이 되어야 하는 게 우선일 게다. 남북이 이념을 달리하고 있어 하나로 모으기가 어렵다는 핑계로 마냥 기다릴 수만은 없는 일이 아닌가. 무엇보다 불교계가 먼저 일어나 온 힘을 기울여야 할 것 같다. 부처님의 화쟁사상和諍思想을 바탕으로 남북이 한마음으로 화해할 수 있도록 앞장서야 할 것이다. 남북통일로 가는 길은 세계평화로 가는 지름길이어서다.

승가僧伽는 화합중和合衆이라고 말한다. 부처님의 가르침을 믿고 실천하는 스님들이 하나로 뭉쳐 화합해 나가는 단체여서다. 불교는 화합하여 한마음으로 가는 가르침을 근거로 하고 있으니 부처님의 가르침이야말로 남북통일을 이끄는 실천바탕이랄 수 있다. 역사를 거슬러 올라가 보면 신라가 삼국을 통일한 것도 불교의 힘이 아니었던가.

요즈막에는 비구니스님들의 활동이 기하급수적으로 늘고 있는 추세이다. 예전과 달리 우리 사회가 비구니스님들의 활약을 요구하고 있어서이다. 그에 맞춰 올해는 세계평화를 목적으로 '세계불교비구니협회'가 주최가 된 '한국 평화대회'가 서울에서 열린다. 이를 계기로 비구니스님들에게 거는 기대가 더 높아질 것 같다.

전 세계에서 한국 비구니만큼 다방면에 걸쳐 일하는 곳은 드물다. 앞으로 한국 비구니계가 넘어야 할 산들이 많지만 머지않아 전 세계 비구니들을 이끌어갈 주역으로 활약하게 되리라. 특히 이번 '평화대회'에서 남북통일에 대한 성명을 발표해 명실 공히 평화로 가는 길잡이 노릇을 하고자 한다고 하니 세계평화로 가는 길에 선봉장이 될 것임에 틀림없다.

부처님의 사상은 자유·평등·평화이다. 이런 가르침을 널리 펼쳐 누구나 다 자유롭고 평화롭게 살아갈 수 있는 법을 전 세계에 알리는 것이 불교계가 해 나가야 할 목적의 하나가 아닐까 싶다. 이를 몸소 실천하려고 하는 비구니스님들의 활약이 눈에 띈다. 비구니스님들이 곳곳에서 자비의 손길을 펼쳐 가랑비에 옷 젖는 줄 모르게 대중들의 가슴에 부처님의 가르침을 서서히 스며들게 하고 있어서이다. 그리하다 보면 지구촌이 불국정토가 되는 그런 날이 다가와 부처님의 단비가 전 인류에게 내려져 세계평화가 찾아오리라.

오늘도 우리나라가 하나가 되는 남북통일이 이루어지기를. 우리 스님도 여생을 금강산에서 보낼 수 있기를. '나무 석가모니불'이라고 염불하며 두 눈을 살포시 감고 두 손을 고이 모은다. 하늘을 올려다 보니 오늘따라 유난히 푸르다. 저 하늘이 이어진 북녘 땅은 이곳처럼 파랄 게다. 동서남북이 없는 하늘이 부럽다. 아직까지는 남북이 서로 바라보기만 할 뿐 오갈 수 없어서다. 부러움이 현실이 될 그날을 꿈꾼다.

존니옥하

방에 들어서니 파란 술병이 먼저 눈에 들어온다. 낮은 책장 선반에 올려 놓아 자연스레 시선이 그리로 흐른다. 그런 나를 보더니 먹을 갈고 있던 방주인이 싱긋이 웃는다.

"무얼 쓰려고 하세요?"
"저 술병에 써서 붙일 글인데…"

그런 말이 오간 뒤 불국사승가대학원장 덕민 스님의 이야기가 시작되었다.

덕민 스님이 얼마 전 제주도에 갔다가 돌아오는 길에 면세점에 들렀단다. 꼭 사야 할 건 없지만 시간이 나서 둘러보니 술 코너에 조니워커 블루가 코발트빛을 뽐내며 앉아 있더란다. 그 술을 보자마자 고인이 되신 스승 추연秋淵 권용현權龍鉉 옹翁의 생각이 떠올라 각별한 추억을 상기할 겸 한 병 사가지고 왔다고 한다.

스님이 합천 초계에서 공부할 때의 일화이다. 어느 날 아는 분이 조니워커 블루라는 양주를 추연 선생에게 드리라고 덕민 스님에게 선물했다. 스승님께 갖다드렸더니 파란색을 품은 술병을 바라보다가 술 이름이 뭐냐고 물으셨다.

"조니워커 블루라고 합니다."
듣는 즉시 먹을 갈아 세필로 존니옥하存尼玉下라고 쓰셨다.

조니워커라는 위스키는 1820년 스코틀랜드의 존 워커라는 사람이 만들어 팔다가, 1908년 손자가 할아버지의 애칭을 따 만든 이름이다. 이제 그 술이 새로운 한자 이름으로 태어난 것이다. '존니옥하存尼玉下'를 읽으면 '조니워커'라는 서양식 발음과 별반 다르지 않다. 옛 어른이지만 어디서 그런 기발한 발상이 떠올랐는지 두고두고 무릎을 치며 탄복하게 만든다.

추연 선생은 '존니옥하存尼玉下'라고 쓴 글을 술병에 붙여두고 매일 반주로 드셨다. 아끼느라고 작은 잔에 부어 홀짝홀짝 조금씩 마셨다. 당신이 지은 술 이름이 무척이나 마음에 드시는지 반주할 때마다 술병을 쳐다보면서 이렇게 말씀하셨다.
"저놈이 술맛도 좋지만 술병의 색도 맘에 들어. 영어로 블루라고 그랬나?"

스승님은 주로 매실주나 복분자주 같은 과실주로 식사를 하실 때마다 한 잔씩 마셨다. 그걸 드시다가 조니워커 블루의 술맛을 보니 한 번도 경험해 보지 못했던 짜릿함을 느끼신 것 같았다. 이전에 마시던 과실주와는 비할 수 없는 기막힌 맛이었을 테니까. 입안에 착 감기는 묘한 술맛에 빠져든 것이다.

그런 사연이 있어 사 온 술이다. '존니옥하存尼玉下'라고 붓으로 써서 술병에 붙여 놓고 스승님을 뵌 듯 보려는 뜻에서다. 합천 초계에서 13년간이나 모시고 유학을 배웠으니 스승을 그리는 마음을 어찌 다 표현하랴. 덕민 스님의 이야기를 듣고 스승님을 향한 그리움을 달래려는 마음가짐에 절로 머리가 수그러졌다.

요마적은 사도師道가 땅에 떨어진 탓도 있지만 제자들도 스승을 위하는 마음이 많이 사라진 것 같다. 어찌 되었든 선생이라는 직업은 고달프기 마련이다. "선생 똥은 개도 안 먹는다"는 말이 괜히 나왔겠는가. 학생을 가르치기 위해 똥이 타들어 갈 만큼 애를 많이 태우기 때문이 아닌가 싶다. 그런 스승의 고마움을 잘 알아야 할 '스승의 날'이 날이 갈수록 점점 형식적으로 변해간다. 진정으로 스승을 예우하던 시절은 벌써 물 건너 간 일인가 싶으니 서글퍼지려고 한다.

어릴 땐 선생님이라면 그저 하늘처럼 높아 보였건만, 언제부터 지금처럼 되어버린 건지 모르겠다. 그렇다고 세월을 탓하고만 있을 때는 아닌 성싶다. 아직 작은 불씨가 남아 있기에 예전에 서로 아끼고 존경하던 사제지간으로 다시 되돌아올 희망은 있다. 일말의 기대를 걸고 덕민 스님 같은 이들이 많이 나오기를 빌며 두 손을 모아 본다.

절에서는 매일 새벽마다 종성鐘聲을 한다. 종성 가운데 '오종대은명심불망五種大恩銘心不忘'이라는 게송은 다섯 가지 은혜를 마음에 새기며 잊지 않도록 하겠다는 뜻이다. 그 중에 '유통정법사장지은流通正法師長之恩'은 정법을 가르쳐 준 스승과 웃어른의 은혜를 잊지 않고 명심하겠다는 뜻을 지닌다. 나무망치로 종을 치고 염불을 읊조리며 매일 되새긴다. 스승의 은혜는 위대하기에 잊지 않으려고….

어느 누구보다 가르침을 준 스승의 은혜는 살아갈수록 절실하게 느껴지는 성싶다. 출가해서 얼마 되지 않은 새내기 중일 때 3년 간 향곡 큰스님의 시봉을 한 적이 있다. 향곡 큰스님은 살아생전 성철 큰스님과 쌍벽을 이루었던 대선지식이셨다. 당시는 철딱서니가 없어 큰스님의 가르침이 때로는 잔소리로 들린 적도 있었다. 후회는 항상 뒤따르는 법이어서 철이 들었을 땐 가신 뒤였다. 큰스님의 가르침을 듣고 싶어도 계시지 않아 〈때는 늦으리〉라는 영화 제목처럼 되어버렸다. '좀 더 잘 듣고 말씀대로 할 것을…'이라는 아쉬움이 남아 안타까울 따름이다.

스승의 날은 해마다 돌아온다. 부모님께 해드리듯 꽃을 달아드리고 선물이나 상품권만 드리면 다 되는 건가 하고 다시 한 번 생각해 본다. 정성을 담아 드리지 않고 건성으로 건네지 않았나 싶어 부끄럽다. 마음에서 마음으로 뜻이 통하는 그런 선물이 오가야 진정한 사제지간이 되는 것을.

배워도 보고 가르쳐도 보았다. 인생의 말년에 접어들어 다시 배우는 입장이 되었다. 이제야 글을 배우는 즐거움을 제대로 느끼게 되어 스승의 고마움을 어느 정도 알 듯하다. 그나마 얼마나 다행인가. 그전에 알았더라면 더 좋았을 테지만 당시엔 소견머리가 없어 마음먹은 대로 되지 않았다.

토요일마다 글공부 하러 동리목월문학관으로 간다. 늦게 배운 도둑이 날 새는 줄 모른다더니 참말로 그런 것 같다. 배우는 게 재미있어 그 시간이 늘 기다려진다. 이번 주에는 교수님께 포도주를 한 병 드리려고 한다. 스페인 여행에서 사가지고 온 맛 좋은 와인이다. 조니워커 블루는 아니지만 스승을 존경하는 마음을 담아 올리려 한다.

주름

거울을 들여다본다. 그 속에 비친 얼굴은 영락없이 쪼글쪼글한 중 늙은이다. 언제 생겼는지 나도 모르게 흰 머리칼과 함께 주름살이 늘어난 것을 보니 서글퍼지려는 마음을 누를 길이 없다.

초등학교 때, 방학이 되어 큰집에 가면 우리를 제일 먼저 반기는 사람은 이마에 주름이 가로로 깊이 파인 친할머니였다. 그때는 그런 할머니의 주름살이 좋아 보여 할머니처럼 빨리 늙었으면 좋겠다는 엉뚱한 생각까지 가졌다. 그랬던 내가 어느덧 나이 들어 얼굴에 잔금이 많이 생긴 걸 보고 한숨을 쉬다니…. 참 알다가도 모를 게 사람 마음인가 보다.

세월을 이길 장사는 없다고 한다. 그런 줄 알면서도 안간힘을 써가며 젊어지려는 사람들이 많다. 나이가 어려지는 것도 아니건만 성형의 힘을 빌려 주름을 없애려 한다. 억지로 젊게 만들어 세월을 거

스르려고 하니 이상하게 보일 수밖에…. 약발이 오래 가면 좋으련만 몇 개월에 한 번씩 보톡스라는 주사를 맞아야 유지된다니 할 짓은 아닌 성싶다. 그러나 그 짓에 매달려 사는 사람들이 의외로 많은 걸 보면 한심스럽다 못해 불쌍해 보인다.

성형을 자꾸 하다 보면 그냥 자연스레 늙는 것보다 나중에는 더 흉측하게 변해 버리기 마련이다. 늙으면 늙는 대로 가만 놔두는 것이 상책이거늘. 좀 더 젊어지려고 자꾸 고치니까 '성형중독'이니 '성형후유증'이니 하는 말들이 나온 성싶다. 긁어 부스럼이 되지 않도록 아예 건드리지 않는 편이 좋다는 쪽에 한 표를 던지고 싶다. 자연스럽게 늙는 것이 가장 아름답다고 여기기에.

요즘은 옷도 성형을 한다. 새 바지를 일부러 찢어 입거나 탈색을 해 헌 옷처럼 보이게 하는 것이 유행이다. 오래된 것처럼 보이게 하기 위해 인공으로 꾸깃꾸깃 주름을 넣은 옷도 있다. 그러나 오래 써서 길이 난 가죽지갑이나 시간이 지날수록 윤이 나는 나무책상처럼 정이 가지 않는다. 거짓으로 시간이 흐른 것처럼 만든 옷이어서 정겨운 멋이 없어서다. 자연스러움이 가장 멋있다는 것을 알면 그런 헛된 짓은 하지 않을 게다. 사람은 젊어 보이게 하려고 주름을 없애는 데 반해 옷은 세월을 입혀 오래된 것처럼 보이려고 주름을 넣는다. 어느 것이나 다 억지춘향이 아닌가 싶다.

'전통누비'는 손바느질로 옷에 주름을 넣는 걸 말한다. 한 땀 한 땀 손으로 누빈 것이지만 앞뒤가 똑같이 고르게 바느질이 되어 있어 눈을 의심하게 만들 정도로 정교함에 놀란다. 아마 모르긴 해도 주름을 이용한 최고의 예술품이 아닌가 싶다. 누비는 정성과 시간을 들인 옷인 만큼 입으면 태가 나고 기품이 있어 '주름의 미학'을 보여주는 예술이라고 말해도 과언이 아닐 것 같다.

누비의 시작은 솜에서 목화씨 찌꺼기를 하나하나 들어내는 공정부터 시작해 솜을 놓아 손으로 누벼 완성될 때까지 정성이 들어가지 않은 곳이 없다. 어떤 누비옷은 한 벌 만드는 데 여섯 달 정도 걸려 완성된다고 하니 열과 성이 얼마나 들어갔는지는 짐작만 할 뿐이다. 그런 수고로움을 어찌 숫자로 말할 수 있으랴.

우리의 전통누비에서 착상한 디자인이 미야케잇세이(三宅一生)라는 일본의 패션디자이너가 만든 주름옷이다. 수백만 원을 호가하지만 불티나게 잘 팔린다. 유행의 흐름에 힘입어 너도 나도 입고 다니는 것 같다. 기계로 가공한 주름 값이 그렇게 비싸다니 도저히 이해가 가지 않는다. 그러나 한편으로는 주름의 미학을 발견해 주름패션으로 바꾼 디자이너의 감성이 대단하다는 생각도 든다. 그렇지만 손으로 일일이 한 땀씩 누빈 누비옷의 기품을 절대로 따라갈 수는 없을 성싶다.

같은 주름이라도 어떤 과정을 거쳤는가에 따라 사람이나 물건이나 가치가 달라지는 것 같다. 물건은 어떤 과정을 거쳐 만들었느냐에 있고, 사람은 어떤 삶을 살아왔느냐에 그 해답이 달려 있지 않나 싶다. 사람이나 물건이나 아름다운 주름을 만들기가 결코 쉬운 일이 아니라는 걸 새삼 깨닫는다. 한순간 한순간이 모여 자신의 얼굴이 되고, 하나의 걸작이 나온다는 걸 알면 일순간도 헛되이 보내서는 안 된다는 생각을 하게 된다.

얼굴을 보면 그 사람이 살아온 인생이 들여다 보인다고 한다. 다시 한번 거울 앞에 다가선다. 거울에 비친 얼굴을 보니 그동안 마음을 곱게 쓰지 못한 것 같아 갑자기 부끄러운 생각이 들어 두 손으로 감싸쥐었다. 그렇다고 주름이 없어지는 것도 달라지는 것도 아니건만…. 얼굴의 인상을 좀 더 좋게 보이려면 지금부터라도 잘 살아야 하겠구나 싶은 마음이 든다.

얼굴의 주름 하나하나가 내가 살아온 흔적이라는 걸 이제야 깨달은 것은 아나나 지금까지 어영부영 대책 없이 살아온 것 같아 후회스럽다. 누비 바느질 할 때 한 땀 한 땀 정성들여 바르게 누비듯 삶을 그렇게 살아왔더라면 좋았을 것을.

얼굴의 주름은 누구의 허락도 받지 않고 제 맘대로 생긴다. 한 번 자리 잡으면 없어지지 않을 뿐만 아니라 제 영역을 점점 넓혀간다. 말릴 재간도 없고 그만 두게 할 수도 없는 놈이다. 그냥 두고 볼 수밖에 없다. 이왕 내 몸에 생긴 것이니 주름살도 군말 없이 사랑해야겠다.

만능재주꾼, 바늘

숫처녀처럼 부끄럼을 타는지 몸을 도사리고 살짝 숨어 있는 듯하다. 감히 건드릴 수 없어 가까이 가서 눈으로만 들여다본다. 바늘로 한 땀 한 땀 누빈 자리가 자로 금을 그어놓은 듯 정교해 손바느질이라는 게 믿기지 않는다. 얼마나 공들여 누볐으면 땀수가 저리도 고를까 싶어 감탄사가 절로 나온다. 안팎이 구별 안 될 정도로 곱게 누벼져 옷을 뒤집어 입어도 아무도 눈치채지 못할 성싶다.

인류 역사상 가장 획기적 발명은 바늘구멍이 아닌가 싶다. 네안데르탈인은 인간의 조상으로 꼽히는 호모사피엔스와 같은 시기에 살았다. 그들은 제대로 된 옷을 만들 수 없어 마지막 빙하기의 혹독한 추위를 이기지 못해 지구상에서 영영 사라졌다. 호모사피엔스와 달리 귀가 달린 바늘을 발명하지 못해서였다. 작은 바늘구멍 하나가 인류사에 큰 족적을 남겼다니, 참으로 놀라운 일이 아닐 수 없다.

바늘구멍은 바늘의 생명과 같다. 사람은 콧구멍이 없으면 숨을 쉴 수 없고 바늘은 바늘구멍이 없으면 바느질을 할 수 없는 것과 같이 구멍 없는 바늘은 죽은 몸이나 진배없다. 예부터 바늘구멍은 생명처럼 귀히 여겨 바늘귀, 바늘 코, 바늘 눈, 바늘머리 등 사람의 신체에서 가장 귀중한 부위로 불리어졌다. 구멍 뚫린 바늘이 인류의 조상을 지켜주었기에 그런 융숭한 대우를 받은 게 아닌가 싶다.

〈규중칠우쟁론기閨中七友爭論記〉는 바느질에 쓰이는 일곱 가지 사물을 의인화한 작품으로 자신의 처지를 망각하고 공치사만 일삼는 세태를 풍자한 고전수필이다. 바느질하는 주인이 주연이지만 조연으로 나온 일곱 여인의 연기가 더 돋보인다. 그 중에 바늘은 세요각시로 분해 밉살스럽게 구는 연기를 선보인다. 바늘이 밉보이는 역을 자처한 것은 세태를 풍자하기 위한 것이기에 잘 봐 줘야 될 것 같다.

유럽을 여행할 때의 일이다. 호텔방에 일회용 바느실이 있기에 혹여 필요할지도 모르겠다 싶어 챙겨 나왔다. 그 물건이 유용하게 쓰일 줄 누가 알았겠는가. 옛 시가지의 뒷골목을 다니다가 돌연 어딘가에 걸려 바지가 찢겨 매우 당황스러웠다. 마침 갖고 나온 바느실이 있어 위기를 모면했다. 그때처럼 바늘과 실을 생광스럽게 쓴 적이 없는 것 같다. 유비무환이라는 말을 실감나게 하는 작은 사건이었다. 그 뒤로는 비상용으로 바느실은 꼭 가지고 다닌다.

바늘은 그냥 태어난 게 아니다. 쇠붙이를 단련해 나온 강철로 수없이 갈고 닦기를 연마한 끝에 나온 정제품이다. 좋은 글을 쓰려면 퇴고를 수없이 반복해야만 비로소 하나의 작품이 완성되는 것과 같은 이치이다. 등잔 밑이 어둡다더니 늘 곁에 두고 사용해도 그런 어려운 과정 끝에 바늘이 나왔다는 걸 여태껏 잊고 지내온 성싶다.

엄마는 틈만 나면 바느실을 들고 살았다. 주로 헌옷을 꿰매기 위해서였다. 소매 끝이 닳거나 무릎이 헤지면 엄마의 바늘이 지나간 자리는 깔끔하게 수선이 되어 새로운 옷으로 태어나곤 했다. 구멍이 난 면양말은 주로 밤에 기웠다. 못 쓰게 된 동그란 전구를 양말에 끼우고 바늘과 실로 뚫어진 자리를 감쪽같이 메워주었다. 밑바닥이 다 떨어진 양말은 아예 도려내고 톡톡한 천을 대신 오려 붙여 꿰매주었다. 겨울에는 천을 덧댄 양말이 그렇게 따뜻할 수 없었다.

가끔 자다 깨 보면 엄마는 망부석처럼 앉아 바느질 하는 손만 부지런히 움직이며 뭔가 깁고 있었다.
"엄마, 안 자. 엄마가 일어나 있으니 잠이 안 와."
엄마는 짐짓 거짓부리(거짓말의 속어)라는 걸 알면서도 입술에 연한 미소를 지으며 잠자는 척 해 준다. 내가 잠든 걸 확인하면 다시 일어나 하던 바느질을 마친 뒤에야 잠자리에 들곤 했다. 밤이 이슥하도록 60촉짜리 백열전등 아래 두 눈을 비벼가며 바느질하던 모습이 눈에 선하다. 때론 바늘이 엄마와의 추억을 배달해 주기도 한다.

책상 위에 자수를 놓기 위해 책 대신 반진고리를 내 놓았다. 급한 성

격을 차분하게 만들어 주는 것 같아 10여 년 전부터 틈틈이 수를
놓아 왔다. 오랜만에 잡는 바늘이라 이내 손에 익지 않아 집중하려
고 마음을 다잡는다. 패랭이꽃을 그린 천에 바느실로 그림을 메운
다. 바늘과 실이 지나감에 따라 꽃이 점점 피어나기 시작한다.

수를 놓을 때 잠시라도 딴 생각이 들면 바늘이 엉뚱한 데로 들어가
기 십상이다. 잡념을 버리고 일념으로 수를 놓아야 한다. 아무것도
없던 바탕천에 분홍 패랭이꽃이 점점 모습을 드러낸다. 수놓은 꽃은
지지도 않고 시들지도 않는다. 그런 맛에 자꾸 바늘을 잡게 되는지
도 모르겠다.

예전에는 엄마가 '만능재주꾼'인 줄만 알았다. 이제 나이 들어 수를
놓다 보니 진짜재주꾼은 바늘이란 걸 스스로 깨우치게 되었다. 바
늘이 없었다면 아무것도 만들 수 없어서다. 바늘이 주역이고 사람
은 어디까지나 조역이다. 그동안 바늘은 자기의 공을 알아주지 않
아 속이 무척 상했을 것 같다. 미안한 마음에 패랭이꽃이 수놓인 위
에 살포시 바늘을 내려놓으며 쓰다듬는다. 바늘은 제 마음을 알아
준다고 살며시 미소를 머금고 나를 바라본다.

수놓던 바늘을 가만히 바늘겨레에 꽂는다. 열일 했으니 바늘더러
푹 쉬라는 말을 건네고 살그머니 방문을 닫고 나선다. 오래 앉아 배
겼으니 바깥바람이나 쐬러 나가야겠다.

제2장

흐르는 강물 위에도

열사흘 달이 고요히 잠겼다

자리

일요일마다 경주에서 첫 버스를 탄다. '특별한 뇌 과학'이라는 강의를 들으러 서울로 가기 위해서다. 빨리 가야만 칠판글씨도 잘 보이고 강사의 말소리도 확실하게 들리는 자리를 잡을 수 있어 될 수 있는 한 첫차를 이용한다.

언젠가 시간에 맞춰 가니 명당자리는 다 차버리고 구석이나 뒷자리뿐이었다. 그날은 강의가 귀에 들어오지 않아 필기를 제대로 할 수 없어 집중이 되지 않았다. 그런 일이 있고 난 뒤로는 자리에 특별히 신경을 쓰게 되었다. 소리 없는 자리다툼인 셈이다.

대학에서 학생들의 자리 선호도는 정반대이다. 제일 뒤에 있는 구석자리가 인기순위 1위다. 그런 자리는 미리 온 놈들이 다 차지하기 마련이라 뒤에 온 놈들은 서성인다. 어디에 앉아야 교수의 눈에 띄지 않을까 싶어 이리저리 살피며 눈치를 본다. 교수 몰래 학생답지 않은 행동을 하고 싶어서일 게다. 학생들이 이리저리 서성거리는 모습을 교탁에서 내려다보면 쓴웃음이 나온다. 교단에서 보면 뒤에 앉은 사람이 더 잘 보이거늘.

그런 폐단이 없어지지 않으니 지정좌석제라는 게 생겼다. 고교 때까지 좌석배정제가 습관이 되어선지 어른의 초입에 들어서서도 자율적으로 제자리를 못 찾으니까 학교에서 내놓은 대안이다. 오죽하면 그런 대책을 내놓았을까 싶다. 언제쯤 제자리를 찾아 앉으려는지 안타까운 마음이 든다.

여고시절엔 다들 창문가에 앉기를 원했다. 항구도시여서 이층에서는 바다가 훤히 내다보여서다. 전망이 좋은 곳에 서로 앉으려고 하니 궁여지책을 짜내지 않으면 안 되었다. 일주일에 한 칸씩 창 옆으로 당겨 앉는 걸로 일단락을 지었다. 매주 짝꿍이 바뀌는 이변이 벌어졌지만 그런 대로 재미있었다.

"어딜 가더라도 설자리 앉을자리를 잘 알아야 된다"는 어른들 말씀을 늘 듣고 자랐다. 그 땐 그 말의 의미를 전혀 몰랐다. 앉고 서는 것을 잘할 수 있을 정도면 어떤 일이든 자신 있게 할 수 있다는 뜻이라는 걸 커서야 알았다. 제자리를 찾지 못해 안절부절못하다가 엉거주춤한 자세로 살아갈까 봐 노파심에서 한 소리인 것 같다.

남인도 배낭여행 중에서다. 서투른 영어로 겨우 기차표를 끊었다.

밤기차여서 좀 편하게 가려고 2등표를 구입해 올라가니 우리 자리에 다른 사람이 타고 있었다. 이중매표였다. 인도에선 흔히 있는 일이라지만 순간 매우 당황스러웠다. 억울했지만 일행 네 명은 머리조차 들 수 없는 삼등 침대칸으로 옮겨 밤새 한 번도 앉아보지 못한 채, 누워서 가야만 하는 처량한 신세가 되었다. 내려서 환불은 받았지만 여독이 풀리지 않아 고생깨나 했던 기억이 있다. 버스나 지하철에서 노약자나 장애우를 위해 자리를 양보하는 모습을 보면 마음이 흐뭇하다. 그러나 그렇지 않은 젊은이를 보면 볼썽사납다.

언젠가 경주에서 열린 국제 PEN대회에 옵서버 자격으로 자리를 얻어 참석하게 되었다. 무엇보다 노벨문학상 수상자 두 분의 초청강연을 들을 수 있는 기회여서 기대에 부풀었다. 강연은 개막식이 끝난 2부 순서에 있었다. 점심을 일찍 먹고 내가 앉을 수 있는 뒷자리에 앉았다. 앞자리는 외국에서 초청된 분들과 정식회원들 자리여서 앉을 수 없어서였다. 첫 강연자는 1986년 아프리카 최초의 노벨문학상 수상자로 유명한 나이지리아에서 온 월레 소잉카 교수였다. 강연 도중에 허겁지겁 들어와 자리에 앉는 실례를 범하는 사람들은 거의 정식회원이었다. 국제대회에 명색이 회원이라는 작자들이 제 시간에 맞춰 들어오지 못하다니…. 눈살이 절로 찌푸려졌다. 먼저 와서 앉은 사람들을 밀치고 들어오는 꼬락서니는 정말로 꼴불견이었다.

문제는 두 번째 연사로 노벨문학상 수상자인 프랑스의 르 클레지오 교수의 강연이 시작되면서부터다. 자리가 술렁이며 도중에 나가는 회원들이 하나둘 늘어났다. 옆 사람에게 인사까지 하고 나가니 소리가 점점 더 커진다. 앞자리에 앉은 외국 초청손님들이 무슨 일인가 싶어 뒤를 돌아보았다. 소리가 나니 야단을 칠 수도 없는 난감한 상황이었다. 얼마나 부끄러운지 얼굴에 불을 끼얹은 듯이 화끈거렸다. 일찍 갈 거라면 아예 오지 않는 게 나았을 걸. 국제 PEN대회 로고가 찍힌 가방 하나 얻으러 경주까지 왔나 싶을 정도였다. 상식 이하의 행동으로 국제적 망신은 그들이 다 시키는 것 같아 쥐구멍이 있으면 숨고 싶을 정도였다.

사람들의 행동 여하에 따라 자리에 대한 인식이 달라지는 걸 안다면 국제회의 중에 자리를 이탈하는 일은 적어도 없을 성싶다. 자리는 앉는 것보다 그걸 지키는 일이 얼마나 중요하다는 것을 깨닫게 한 사건이었다.

자리다툼은 자리를 서로 차지하려는 쟁탈전이라 총소리 없는 전쟁을 방불케 한다. 신문이나 방송매체에서 그런 기사가 나오는 걸 보면 기분이 언짢아진다. 국민을 위한답시고 얻은 벼슬을 가지고 다투는 걸로 허비하는 것 같아서다. 정말로 앉을 사람이 앉으면 좋지만 그렇지 않은 경우가 많으니 항상 문제가 일어나기 마련이다. 앉을 자리 설자리를 몰라서 일어나는 일이다.

큰 바윗덩어리는 자리를 옮기지 않고 제자리를 잘 지킨다. 바위처럼 움직이지 않고 듬직하게 살고프다.

설은

화장실이라는 놈은 별명이 꽤 많다. 추사秋史에 버금갈 만큼은 아니나 각양각색의 이름을 갖고 있다. 예전에는 측간, 뒷간, 통숫간 등이라고 하다가 요즘은 해우소라고 격조 높게 불린다.

파랑바지 남자와 빨강치마 여자가 아크릴판 속에 나란히 서 있다. 급한 볼일을 해결해 주는 곳이라는 표식이다. 들어가면 서양식 복장을 한 남녀의 그림이 양쪽으로 갈라진다. 요즈음에는 여자는 치마저고리에 쓰개치마, 남자는 바지저고리에 두루마기까지 입은 한복그림이 그려져 있는 곳도 생겼다. 이렇듯 시류를 따라 화장실 표시가 다양하게 바뀌어 간다.

일본 절에 참배하러 갔다가 화장실이 어디냐고 물었더니 '설은雪隱'이라는 팻말을 가리킨다. 너무 고고한 명칭이라 처음에는 좀 어리둥절했다. 일본 사찰에선 주로 동사東司라고 적힌 곳이 많아 의심스런 눈빛으로 고개를 갸우뚱거렸다. 선종禪宗인 임제종에선 설은, 조동종에선 등사登司라 한다고 말해 준다. 들어가니 편백나무향이 은은하고 입구에는 깨끗한 왜나막신이 가지런히 놓여 있어 정갈한 느낌이 들었다.

설은의 유래에 대해서는 여러 가지 설이 전해진다. 그중 《벽암록》을 쓴 설두雪竇(980~1052) 선사가 절강성 영은사靈隱寺에서 화장실 청소를 맡아서 했다는 데서 나왔다는 이야기가 제일 유력하다. 내력이야 어찌 되었든 간에 참선에 매진하는 선종사찰에 가장 어울리는 명칭이 아닌가 싶다. 설은은 눈의 깨끗함으로 더러움을 가려준다는 뜻이 있어서다.

길을 가다가 화장실에 들어갔더니 '팬티 내리는 곳'이라고 쓰여 있었다. 눈살이 절로 찌푸려져 도로 나오고 싶었지만 워낙 급한지라 꾹 참고 볼일을 보았다. 무슨 뜻으로 그랬는지 모르겠지만 하필이면 그런 용어를 골라 쓰다니…. 직설적인 표현이 나쁜 건 아니지만 기분이 영 꺼림칙했다.

중국 여행 중 시골동네 화장실에 들렀다. 남자 쪽은 관폭정觀瀑亭, 여자 쪽은 청우정聽雨亭이라는 팻말이 붙어 있었다. 비록 볼일 보는 장소지만 이름이 그럴싸했다. 남녀의 소변보는 모습을 멋스럽게 표현한 중국인들의 재치가 돋보이는 호칭이 아니었나 싶다. 풍치가 있는 팻말 덕에 지저분하고 더러운 곳이었지만 그런 생각이 한 순간에 사라져 버렸다.

우리나라에서 해우소解憂所라는 명칭을 쓴 지는 그리 오래지 않다. 통도사 극락암에 주석했던 경봉(1892~1982) 선사가 살아생전에 대변 보는 곳은 해우소, 소변보는 곳은 휴급소休急所라고 창안한 데서 비롯되었다고 한다. 뒷간이라 불리던 그곳을 번뇌의 덩어리를 없애 주고 급한 일을 보며 쉬어갈 수 있는 장소로까지 승화시킨 선사의 혜안에 그저 감탄할 따름이다.

사찰에서는 해우소에 가서 외우는 주문이 있다. 입측진언入厠眞言을 비롯해 세정洗淨·세수洗手·거예去穢·정신淨身 등 다섯 가지이다. 화장실도 단순히 볼일 보는 데라고 생각하지 않고 수행하는 곳으로 여긴다. 참선은 장소에 구애받지 않고 어디서든 정진할 수 있다. 고요한 산중이나 시끄러운 저잣거리를 가리지 않고 마음공부를 할 수 있어야 진정한 수행자이다.

요즘 들어 화장실의 빈 공간에 간이 책장을 만들어 책을 꽂아두거나 책을 몇 권 비치해 놓은 곳이 더러 생겼다. '나 홀로 다방'이라는 별명이 말해 주듯 책 읽기에 안성맞춤인 곳이라는 생각이 든다. 여가선용을 할 수 있는 최적의 장소로 권장할 만한 일이 아닌가 싶다.

화장실이 독서 공간이었던 적이 있었다. 초등학교 때, 어른들이 읽는 소설이나 잡지 등은 뒷간에 가져가 몰래 읽었다. 숨어서 보니 더

더욱 재미가 쏠쏠했다. 가끔 엄마한테 들키면 "냄새 안 나더냐. 그렇게 오래 있게…"라며 기가 막힌다는 표정을 지었다. 당시 화장실은 혼자 즐길 수 있는 유일한 공간이었기에 더러운 것쯤은 아랑곳하지 않고 오직 독서에 열중할 수 있었던 듯하다.

여중 때 학교 화장실이 수세식으로 바뀌었다. 먼저 냄새가 나지 않는 게 무엇보다 신기하고 좋았다. 쏴 하고 시원하게 내려가는 물소리를 들으려고 몇 번이나 물을 내릴 정도로 철딱서니 없이 굴었다. 나중에야 수세식이 물 낭비와 수질오염의 주범이란 걸 알게 되었다. 똥은 버려야 되는 건 줄 알았지 똥도 자원이 된다는 걸 몰라서 한 어리석은 행동이었다.

예전엔 뒷간이 비료창고나 다름없었다. 화장지 대신 나뭇잎이나 짚 등으로 뒤를 닦았고 불태우고 남는 재, 산에서 긁어모은 가랑잎, 들에서 베어낸 풀, 그 외 톱밥, 왕겨 등으로도 배설물 위를 덮었다. 그것들이 곰삭으면 밭으로 내어가 농사짓는 데 유용하게 썼다. 돈 하나 들이지 않고 땅을 기름지게 만들었다. 자연에서 얻은 것을 자연으로 되돌리는 친환경농법으로 재활용이 자연스레 이루어져 버릴 게 없었다.

《똥이 밥이다》라는 책에는 "똥을 어떻게 다루는 가에 따라 애물단지 쓰레기가 되기도 하고 (…) 소중한 자원이 되기도 하는 것이다"라고 말했다. 그런데도 개선되지 않고 똥을 활용하지 않으니 《똥은 자

원이다》라는 책이 나온다. 그 다음에 연달아 《똥은 자원이라니까》
가 발간되었다. 얼마나 애타고 답답했으면 애원조로 제목을 붙였을
까 싶다.

똥이 더럽다고 생각하는 건 선입견 때문이 아닌가 싶다. 《반야심경》
에 보면 '불구부정不垢不淨'이라는 네 글자가 나온다. 더러움도 없고
깨끗함도 없다는 뜻이다. 즉 사람들이 더럽다거나 깨끗하다고 인식
하는 것이지 본래는 구별이 없는 것이라는 가르침이다.

신라 때 원효(617~686) 스님이 의상(625~702) 스님과 함께 당나라로
유학 가는 길에 날이 어두워져 어느 묘지 근처에서 자게 되었다. 밤
중에 목이 말라 바가지에 담긴 물을 맛있게 마셨으나 아침에 깨어
보니 해골바가지였다. 거기에서 모든 것은 오직 마음이 지어낸다는
'일체유심조一切唯心造' 도리를 깨달아 그 길로 발길을 돌렸다는 일
화는, 인식을 바꾼 예의 하나이다.

음식이 입으로 들어갈 땐 미각을 즐기며 좋아하다가 밖으로 나오면
더럽다고 싫어한다. 밥이 똥이고 똥이 밥이건만. 똥은 한문으로 분
糞인데 이것은 '쌀 미米'와 '다를 이異'가 합쳐진 글자이므로 분명 쌀
이 변한 것이다. 똥은 버려지는 찌꺼기가 아니고 영양분이 많이 남
아 있는 덩어리다. 예부터 제주도에서는 돼지가 사람 똥을 먹고 살
도록 돗통시를 만들어 키웠다. 옛사람들이 지금 사람보다 훨씬 지혜
가 있었던 게 아닌가 싶다. 똥의 가치를 미리감치 알아보았으니까.

나 혼자만의 공간에 앉아 볼일을 끝내고 물을 내린다. 씻겨 내려가
는 소리가 마뜩치 않게 들린다. 아무래도 똥이 제 갈 길을 가고 있
지 않아서다. 해우소에 그대로 앉아 해결책을 강구해 보아야겠다.
설은이란 깨끗함으로 더러움을 가려주는 게 아니고 '정예淨穢 즉 깨
끗함과 더러움이 하나가 된다'는 뜻이라는 생각이 퍼뜩 떠오른다.
나도 모르게 무릎을 탁 치고 일어선다.

간발의 차이

초여름 긴긴해가 지고 어둑해질 무렵에 야외음악회가 열렸다. 시원한 밤바람을 즐기며 클래식기타 소리를 듣는다. 잔디가 깔린 넓은 정원에 삼삼오오 떼를 지어 의자에 앉아 음악에 빠져든다. 어느새 나만의 세계로 들어가 시공간을 누린다.

음악은 역시 라이브로 들어야 제 맛을 느끼는 성싶다. 루마니아 출신으로 독일에서 활동했던 지휘자 세르지우 첼리비다케는 "녹음으로 음악을 듣는 것은 브리짓 바르도*의 사진을 안고 침실에 드는 것과 같다"고 했다. 게다가 레코딩을 '깡통음악'이라고까지 심하게 말했다. 그전에는 첼리비디케의 주장에 그다지 동의하지 않았다. 그러나 눈앞에서 직접 생음악을 들으니 그의 견해가 전적으로 옳다는

---

* 브리짓 바르도(Brigitte Anne Marie Bardot, 1934~) : BB라는 애칭으로 1950~1960년대를 풍미했던 프랑스의 육체파 여배우이자 모델.

생각이 들었다. 분위기도 한 몫 하긴 했지만 무엇보다 기타의 감칠 맛 나는 음색을 보고 들을 수 있어 그런 생각이 든 듯하다.

1부가 끝나고 잠시 휴식을 가졌다. 밤하늘에는 별이 뜨기 시작하고 스피커에서는 다시 음향이 울려 퍼진다. 탱고의 황제라 불리는 카를로스 가르델의 '간발間髮의 차이로'라는 곡이다. 알 파치노의 연기가 돋보였던 영화 〈여인의 향기〉에 나오는 삽입곡이다. 영화에서는 주인공인 눈 먼 퇴역장교 프랭크와 아름다운 여인 도나가 함께 춤을 추는 장면에서 나오는 음악이다. 곡이 무르익어지자 몸치이지만 음악에 맞춰 탱고를 추고 싶은 마음이 일어날 정도로 흥겨웠다. 우울하면서도 경쾌한 리듬이 가슴까지 파고 들어와 속에 든 묵은 찌꺼기들을 날려 보내주는 듯하다.

'간발의 차이로'는 노랫말이 재미있다. 사랑을 잃은 남자가 경마에 돈을 걸었다가 말의 머리 하나 차이로 돈마저도 몽땅 잃게 되었다는 내용이다. 모든 걸 다 잃은 남자의 이야기여서 〈여인의 향기〉라는 영화 제목과는 영 어울리지 않는 가사가 아닌가 싶다. 그러나 그런 것하고 상관없이 주제곡은 아직도 대단히 인기가 좋아 탱고음악 중에서도 명곡으로 손꼽힌다.

노래 속의 주인공이 아니더라도 누구나 간발의 차이로 쓴맛, 단맛 둘 다 맛본 경험이 있을 성싶다. 학교 성적은 1점 차이로 스포츠 경기에선 0.01초 차이로 등수가 매겨져 희비가 엇갈리는가 하면 번호

하나 차이로 로또 당첨의 주인공이 되어 거액의 당첨금을 획득하기도 한다. 그러나 한편으론 일확천금을 꿈꾸며 요행수를 바라고 돈을 걸었다가 돈만 몽땅 잃어버리는 일도 생긴다. 정말로 세상은 요지경이다.

기차역 플랫폼에서다. 오랜만에 만난 친구와 수다를 떨다가 눈 깜짝할 사이에 내가 탈 기차를 놓쳐 버렸다. 바로 눈앞에서 떠나가는 기차를 멍하니 바라볼 수밖에 없었다. 내 잘못이었지만 서운한 마음이 쉬 가셔지지 않았다. 그뿐인가. 맛이 있는 집이라고 소문난 집에서 줄을 섰다. 조마조마 마음 졸이며 차례가 오기를 기다렸으나 내 바로 앞에서 오더가 끝나버렸다. "여기까지입니다"라는 말이 떨어지자마자 탁 하고 맥이 풀려 버렸다. 맛있는 한 끼가 달아난 것이 그렇게 아쉬울 줄이야… 금방이라도 다시 불러 줄 것 같아 자꾸만 뒤돌아보았다.

세상일은 놓치게 되더라도 다시 도전할 수 있는 기회가 주어진다. 사람에게도 일생에 세 번의 기회가 주어진다는 말이 있다. 그 속에서 희비쌍곡선이 그려지는 것이 세상살이가 아닌가 싶다. 그러나 두 번 다시 도전할 수 없는 일이 하나 있다. 그것은 사람의 목숨이다.

사람의 목숨은 죽으면 끝이다. 죽느냐 사느냐는 호흡으로 생사가 판가름 된다. 숨을 멈추면 죽었다 하고 숨을 쉬면 살았다고 하기 때문이다. 죽고 사는 것이 그야말로 간발의 차이다. 명줄은 하나뿐이라 다시 도전할 수 없다. 한번 살다 가는 삶, 그러기에 그것을 일생이라 부른다. 두 번 오지 않기에 사는 동안 후회 없는 삶을 살아야 하리라. 서산 대사는 생사에 대해 이렇게 말했다.

> 태어남은 한 조각 뜬구름이 일어나는 것과 같고,
> 죽음은 한 조각 뜬구름이 사라지는 것과 같다.
> 生也一片浮雲起 死也一片浮雲滅

서산 대사의 시에서 말했듯이 생사란 구름이 피어났다 없어지는 것처럼 찰나에 이루어진다. 그야말로 간발의 차이다.

여름밤의 음악회가 끝나자 주위가 조용하다. 풀숲에서 나는 풋내가 코에 스며드는 길을 따라 밤이슬을 살금살금 밟으며 걸어 나오니 풀벌레가 노래를 부른다. 기타소리가 멈추자 간발의 차이로 자연이 베풀어 주는 음악소리가 대신 들려와 마음이 차분해진다.

땅에선 찌찌 찌르르 찌르레기 울음소리가 빈 공간을 향해 울려 퍼지고 하늘에선 그믐밤 별빛이 길 위에 쏟아져 내려와 갈 길을 훤하게 밝혀 준다.

갯마을, 분개

모래사장 너머로 쪽빛 바다가 넘실거린다. 가까이 가보려고 바다를 향해 어린아이가 숨가쁘게 달린다. "천천히 가도 바다는 도망 안 가요"라며 엄마도 같이 뛴다. 파도는 그 소리를 들은 듯 쏴하고 밀려온다. 〈술이 깨면 집에 가자〉라는 일본영화의 한 장면이 추억여행을 하게 만든다.

영도는 한국동란 때 부산으로 피란 와서 처음 살았던 곳이다. 당시 나는 여섯 살로, 바다와 첫 대면을 하게 되었다. 서울에서 살아 한강만 보아온 터라 끝없이 넓은 짙푸른 바다를 보니 어안이 벙벙해 입을 다물지 못했다. 그만큼 충격적이었다. 그땐 바다라는 곳이 나의 안식처가 될 줄은 꿈에도 생각지 못했다.

피란민이라 집이 없어 이사를 많이 다녔다. 초등학교 4학년이 되어서야 선생님인 아버지 덕에 학교사택에 겨우 자리 잡았다. 그곳에 온 뒤로 제일 즐거운 일은 엄마 몰래 '분개'라는 갯가로 놀러가는 일이었다. 집에서 왕복 30리가 훨씬 넘는 거리였지만 여름엔 먼 줄도 모르고 거의 매일 가다시피 했다. 팬티만 입고 바다에서 놀다가 집에 올 때쯤 바위에 말려 도로 입었다. 햇볕을 받아 뻘겋다 못해 까맣게 탄 얼굴로 집에 돌아오면 엄마의 잔소리가 기다리고 있었다. 내 딴에는 미리 찬물로 몇 번 헹구고 집에 들어가지만 엄마는 귀신같이 알아보고 속상해 하셨다. 가뜩이나 검은 얼굴이 더 새까매져서 오니 얼마나 맘이 상했을까 싶다. 더더군다나 딸아이이기에.

분개는 악동시절 우리들의 안식처였다. 바다로 들어가 노는 게 싫증 나면 때론 예쁜 조개껍질을 줍기도 하고 모래사장에 숨어 있는 바지락이나 모시조개 등을 캐기도 했다. 집에 가지고 가면 엄마는 "그런 거 안 가지고 와도 좋으니 제발 다시는 가지 말라"고 당부했다. 행여 바다에 빠질까 염려해서다. 하지만 귓전으로 다 흘려버리고 학교가 파하기 무섭게 친구들과 함께 또 분개로 향했다. 무슨 비밀접선이나 하듯 집에서 몰래 빠져나와 도망치듯 냅다 달렸다.

여름 해는 길었지만 늘 실컷 놀지 못하고 돌아온 것 같아 아쉬움이 남았다. 학교숙제는 한 번도 해간 적이 없으면서 갯마을에 가는 건 빠진 적이 없을 정도로 높은 출석률을 자랑했다. 그저 친구들과 노는 게 좋아서였다. '서울내기 다마내기'라고 놀리는 부산토박이 또래 아이들을 피해 피란민 친구들끼리 맘껏 놀 수 있는 우리들의 아지트였기에. 다음날도, 그 다음날도 계속되었다.

당시 우리들은 갯마을 이름이 '분개'인 줄 알았다. 부산사투리의 억양이 억세서 그렇게 불렀던 듯싶다. 나중에야 정식명칭을 알게 되었다. 조선시대부터 염전이 있던 곳으로 소금 굽는 동이(盆)가 여기저기 흩어져 있던 갯가(浦)여서 '분개' 또는 '분포리盆浦里'라고 불렀다는 것을.

한문과 한글이 합쳐진 '분개'라는 이름이 정이 들어 그런지 몰라도 용호동龍湖洞으로 지명이 바뀌어 여간 섭섭한 게 아니었다. 그 뒤 도로명 주소로 다시 바뀌면서 분포로盆浦路라는 옛 이름을 찾긴 했지만 '분개라고 했으면 더 좋았을 걸' 하는 아쉬움이 남는다.

얼마 전에 옛 생각이 나서 분개가 있던 자리에 가 보았다. 내 기억 속의 갯마을 풍경은 어디로 가버리고 대형아파트가 키다리 장승마냥 버티고 서 있었다. 10년이면 강산도 변한다고 한다. 강산이 여섯 번을 변하고도 남는 세월이 지났으니 옛 풍경이 남아 있을 리가 없다. 당시의 정경이 역사 속으로 사라져 버린 걸 보니 뭐라 형언할 수 없을 정도로 인생무상을 느꼈다.

이젠 다 지나간 일이 되었다. 검푸른 바다가 둘러싸고 있는 영도 섬, 천둥벌거숭이시절의 분개 갯마을, 어느 것 하나라도 내게는 빠트릴 수 없는 바다와의 추억을 쌓은 곳이다. 그 중에서 하나만 꼽으라면 단연코 '분개'라고 말할 수 있다. 추억이 담긴 장소가 없어졌기에 더 애틋하게 다가온 게 아닌가 싶다.

바다는 예전 그대로지만 분개 갯마을은 그곳에 없다. 마음의 고향이 없어진 거나 진배없어 가슴이 쓰리다. 이북에 고향을 두고 온 실향민은 이보다 더 가슴이 아팠을 것 같다. 하지만 추억 속에서는 옛 모습이 그대로 남아 있어 그것만으로 위안을 삼았다.

자석에 이끌리듯 요즈막에도 바다로 자주 간다. 모래톱에 서니 저 멀리 수평선이 하늘과 맞물려 있다. 선을 그은 적이 없건만 또렷하게 경계선이 보인다. 나는 바다이고 너는 하늘이라는 듯이.

누가 부르는 듯 어린애처럼 뛴다. 좀 더 빨리 바다 곁으로 가고 싶어서다. 갈매 빛 옷으로 온 몸을 감싼 바다가 말없이 반긴다. 넓은 품 안으로 스르르 미끄러지듯 들어간다.

분개 갯마을에서 놀던 기억들이 파노라마처럼 펼쳐진다.

종심

인생칠십고래희人生七十古來稀라고 한다. 예전 같으면 고려장을 치르고도 남는 나이가 되니 자꾸만 뒤돌아보게 된다. 이젠 인생 백세시대가 도래해 인생설계를 새로이 해야 할 시기가 다가와 마음이 착잡하다.

옛날에나 있을 법한 고려장이 요즈막에도 있다고 한다. 정말 가증스러운 일이 아닐 수 없다. 나이 든 부모를 외딴 섬이나 찾아오지 못할 곳에 버리고 가버리는 후레자식들이 늘어난다는 뉴스에 망연자실할 뻔했다. 백세시대가 빚어낸 세태의 한 단면으로 현대판 고려장인 셈이다. 참으로 기가 막힐 일이 아닌가 싶다.

요즘은 늙은이 중에 칠십대는 어린아이 취급을 당해 노인회관이나 경로당에 가면 잔심부름을 도맡기 때문에 아예 가지 않는다고 한다. 그래선지 문화센터나 복지회관 등으로 발길을 돌려 취미생활을 즐기는 사람이 늘어나고 있는 현상이다. 이젠 평균수명이 고희를 넘어 구순에 이른다. 최근 유행했던 〈백세인생〉이라는 노래 중에 '백세에 저세상에서 또 데리러 오거든 극락왕생할 날을 찾고 있다 전해라'고 할 정도니 팔구십은 늙었다고 명함도 내지 못할 듯하다.

장수하는 시대가 와서 수명이 점점 늘어나는 건 좋은 일이다. 그러나 늙은이답게 잘 살지 않으면 오래 살아도 아무 의미가 없을 성싶다. 잘 늙어가야 주위로부터 "아무개 어른 잘 늙었어"라는 소리를 들을 게 아닌가. 칠십부터는 덤으로 얻은 삶이라 더 알차게 살아야겠다고 두 손을 불끈 쥔다. 고려 때 살았다면 고려장을 당했거나 벌써 저세상으로 가고 없는 몸이기에….

예전에는 일본에도 고려장을 하는 풍습이 있었다. 이마무라 쇼헤이 (今村昌平, 1926~2006)가 감독한 〈나라야마부시(楢山節考)〉라는 영화에 그런 장면이 나온다. 식량 부족으로 입을 하나라도 덜려고 주인공인 아들이 칠십을 바라보는 노모를 집 뒷산에 버리러 가는 줄거리이다. 어머니와 아들 간의 심리묘사와 인간의 본능을 기막히게 그려낸 감동적인 명화다.

환갑이 지나고 칠순이 넘어도 노인이라는 생각을 한 적이 없다. 가끔 길을 가다가 어린애들이 '노스님'이라고 부르면 늙었다는 걸 실감하게 된다. 아이들의 눈은 정확하기에. 그럴 때마다 벌써 나이가 그렇게 들었나 싶어 흠칫 놀란다. 마음만은 아직 청춘이건만….

《논어論語》 위정편爲政編에 '칠십이종심소욕불유구七十而從心所慾不踰
矩'라는 말씀이 나온다. 칠십이 되면 마음이 하고자 하는 대로 해도
법도를 어기지 않는다는 뜻이다. 열 자로 이루어진 글이지만 가슴
을 찌른다. 공자는 인격이 완성되는 종지부를 찍는 나이를 칠십으로
보았다. 그런 연유로 칠십을 종심從心이라 부른다. 그러나 칠십이 넘
었어도 아직 이뤄 놓은 게 없어 부끄럽기만 하다.

고희古稀와 종심從心은 다 같이 칠십을 일컫는 말이지만 서로 지향
하는 게 다른 것 같다. 고희는 수명의 한계를 말하고 종심은 인격을
완성하는 마지막 단계를 말해서다. 아무튼 칠십이라는 나이는 지금
까지 살아온 것을 잣대로 재어 볼 시기인 것만은 틀림없다. 낙제점
이 나올 것 같아 얼굴을 들지 못하겠다.

인생의 막바지를 보람 있게 보내려고 글쓰기 공부를 시작했다. 늦게
나마 나이 값을 해야겠다는 생각에서다. 백세시대이니 적어도 20년
은 남았다고 생각하며 조급하게 여기지 말자고 마음을 추스른다.

처음에는 멋모르고 글쓰기의 문턱에 들어섰다. 세상에는 쉽게 얻어
지는 게 없는 법이어서 시작하자마자 벽에 부닥쳤다. 공부해 보니
넘어야 할 고개가 생각보다 많다. 마지막으로 택한 길이기에 이번만
큼은 끝까지 밀고 나갈 작정이다. 지금까지 이것저것 한다고 했으나
끝맺음을 제대로 한 것이 없어 모두 용두사미 격이 되어 버려 후회
스러운 일이 한두 가지가 아니어서이다.

글공부는 처음부터 만만치 않았다. 하다 보니 가랑비에 옷 젖듯이 조금씩 느는 것 같긴 하다. 그러나 갈수록 태산이어서 도중에 접을까라는 생각이 들지 않은 것은 아니다. 아무튼 지금껏 끌고나온 것만 해도 대단하다고 자위하며 다독거리며 계속하려 한다.

글쓰기 공부는 어느덧 7년째 접어들었지만 아직 갈 길이 멀다. 주변에 친한 사람들은 거의 다 "이젠 그만 쉬어라, 칠십이 넘어 가지고 뭘 하겠냐"는 등 다들 부정적인 태도를 보였다. 그들의 우려와는 달리 하면 할수록 더 잘해야겠다는 결심이 서고 이제야 인생의 참 맛을 느낀 것 같아 날마다 새롭게 태어나는 기분이다. 잘 쓰나 못 쓰나 한 편의 글을 끝내고 나면 두 팔 벌려 쾌재를 부른다. 세상을 다 가진 것처럼….

칠십이 넘어도 공자 말씀대로 살지 못했다고 걱정하지 않으려 한다. 그분이 살아 계셨다면 아직 수행이 덜 된 나를 이해해 주며 토닥거려 주었을 성싶다. 천천히 한 걸음 한 걸음 조심스레 걷다 보면 목표하는 지점까지 갈 것이라는 믿음을 가지고 묵묵히 가려고 한다.

오늘도 컴퓨터 앞에 앉아 봄기운을 흠씬 들이킨 뒤 키보드를 누른다. 어떤 봄을 그려내야 할지 행복한 고민에 빠진다. 잠시 창을 열고 밖을 내다본다. 소소리바람이 불어와 한기가 느껴진다. 창을 닫아도 하늘은 여전히 푸르다. 노트북 화면에 글자가 점점 늘어난다.

돌 꽃

눈을 의심케 하는 광경이다. '박문호의 자연과학세상'이라는 학습단
체에서 몽골사막의 화산지역을 탐사하러 갔을 때 일이다. 시커먼 화
성암火成巖들이 흐트러져 있을 거라고 지레짐작했으나 예상을 뒤집
는다.

화산이 터진 입구에서부터 야생화가 무리지어 꽃밭 천국을 이루었
다. 패랭이, 구절초, 솜다리, 용담 등 눈에 익은 꽃들을 보니 휘둥그
레진 눈동자가 좀처럼 작아지지 않는다. 마치 딴 세상에 와 있는 기
분이다. 몽골사막에서 이런 진풍경을 보게 되리라고 누가 상상이나
했겠는가. 분화구를 향해 올라가는 길에도 꽃들이 지천으로 피어
있다. 검은 화산재가 거름이 되어 꽃들이 더 잘 자라난 듯하다.

내려오는 길목에선 미처 보지 못했던 식물들이 눈에 들어온다. 돌
틈새에 끼인 다육이다. 나를 보아달라는 듯이 움츠렸던 고개를 내

밀고 빤히 쳐다본다. '너도 거기 있었구나' 하며 눈길을 맞추고 들여다보았다. 옆을 보니 또 있다. 아까는 하나도 눈에 뜨이지 않더니만. 앞만 보고 걸을 게 아니라 양옆으로도 눈을 돌려야겠다. 시야를 넓히러 왔으면서도 그걸 항상 놓치게 된다.

눈길을 끄는 게 또 있었다. 이리저리 흩어진 화성암에 저마다 각양각색의 돌 꽃을 피워 뽐낸다. 은화隱花식물들이다. 바위 옷, 돌 옷, 바위 꽃 등으로도 불리나 학술용어로는 지의류地衣類라고 한다. 땅위에 놓여 있는 돌에서 피어난 꽃이거늘 왜 지의류라고 하는지 모르겠다. 석의류石衣類 또는 석화류石花類라고 해도 될 터인데….

돌 꽃은 돌에 낀 이끼와는 다르다. 선태류蘚苔類인 이끼는 물기가 없으면 이내 말라버리지만, 지의류는 균류菌類와 조류藻類가 공생하며 살기 때문에 악조건이라도 잘 견딘다. 돌 꽃의 색깔은 여러 가지다. 노랑·빨강·파랑·하양·주황·초록 등으로 돌 위에 피어난다. 생명이 없는 돌이라고 여겼건만…. 이보다 더 경이로운 일이 있을까. 돌 꽃의 신비로움에 잠시 멍해진다. 흔히 감정이 무디고 무뚝뚝한 사람을 '목석같다'고 한다. 그러나 돌 꽃은 우리와 똑같이 숨쉬며 살아간다. 인고의 세월을 거치면서 한 송이씩 꽃을 피워 온 몸을 감쌌으리라.

고려 때 이규보가 지은 〈돌과의 대화〉라는 글에 이런 이야기가 나온다.

돌은 자기 자신에 대해 "편하기로 말하면 엎어 놓은 그릇과 같으니 진실로 뿌리가 있어 심어진 것처럼 안정되어 있다"라고 말한다. 그에 비해 사람에 대해서는 "만물의 영장이라 자랑하면서도 (…) 본래의 참된 것을 잃고, 또 지조가 없는 것은 그대뿐이로다. 만물의 영장이 바로 이런 것인가?"라고 반문한다.

얼마나 기가 막힌 비유인가. 꼭 나를 빗대어 말하는 것 같아 돌을 쳐다볼 면목이 서지 않는다. 바윗돌처럼 미동도 하지 않고 오랫동안 앉아 참선을 하는 수행승을 '절구통수좌'라고 일컫는다. 언제 조용히 앉아 오로지 참선에 몰두한 적이 있는가라고 스스로에게 반문해 보았다. 솔직히 말해 다른 곳에 한눈을 파느라고 수행자답게 살지 못했다. 어중간한 중노릇을 한 셈이다.

돌을 어찌 무생물이라고 무시하랴. 부처님께서는 "기는 벌레, 서 있는 바위도 다 함께 부처를 이룰 수 있다"고 하셨다. 어느 것 하나 내 몸과 같이 소중하지 않은 것이 없다는 뜻으로 유정有情(마음을 가진 살아있는 중생)이나 무정無情(감정이나 의식이 없는 것)이나 다 하나의 완전한 생명체로 보아야 한다는 자비의 가르침이다. 그러기에 옛 스님들은 산길을 다닐 때 눈에 안 보이는 벌레나 풀이 다칠세라 살살 걸어 다녔다고 한다. 세상만물이 다 부처의 몸이라고 생각했기에.

돌 속에 꽃을 피운 것이 있다. 수석 중의 하나로 문양석紋樣石이라고 부르는 종류다. 주로 국화, 장미, 매화, 해바라기 등 꽃무늬가 많다.

지의류는 돌의 거죽에 꽃무늬가 들어 있는 포장지로 감싸 놓은 것 같은 데 비해 문양석은 돌 속 깊이 꽃을 새겨 놓은 듯하다. 둘 다 일부러 만들어 낸 것이 아니고 오랜 세월을 두고 자연스레 피워 낸 꽃이기에 더더욱 감동을 준다.

다른 곳에서도 돌에서 피어난 꽃을 보았다. 미국 캘리포니아와 네바다 사이에 걸쳐 있는 데스 벨리(Death Belly)라는 사막에서다. 아티스트 팔레트(Artist Palette)라는 산이 주인공이다. 파스텔 톤으로 그린 한 폭의 수채화를 연상시키는 돌산으로 각기 다른 색들이 모여 모자이크가 되어 있다. 그야말로 자연이 만들어 낸 위대한 걸작이었다.

아티스트 팔레트는 오랜 시간을 거쳐 형성되었다. 약 5억 년 전에 생성된 데스 벨리는 여러 번의 지각변동을 거쳐 9천 년 전부터 5천 년 사이에 지금의 사막으로 바뀌었다. 사막에는 폭우가 내리면 나무가 없는 산은 흙이 무너져 내려 바윗돌만 드러난 산이 된다. 아티스트 팔레트는 그런 산의 하나다. 세월이 흐르면서 돌이 갖고 있는 금속성분이 밖으로 드러나 여러 가지 색깔이 어우러져 그림처럼 아름다운 산으로 변했다. 그런 연유로 이름이 부쳐진 성싶다. 보기에 따라 갖가지 색깔의 꽃무더기가 모여 있는 것처럼 보이기도 하는 신비로운 곳이다. 돌의 생명력은 '데스 벨리'라는 지명을 무색하게 만드는 장관을 연출해 낸 것이다.

바윗돌은 꼼짝 않고 그 자리에 앉아 척박한 환경에도 굴하지 않고 저마다의 꽃을 피워 낸다. 보다 나은 조건 속에서도 불평불만만 쏟아 냈던 지난날이 바끄러워진다. 돌처럼 꿋꿋하게 나만의 꽃을 피워야겠다고 다짐해 본다.

돌은 무생물이 아니고 살아서 숨쉰다. 묵묵히 앉아 움직이지도 않건만 자기 할 일을 다한다. 꽃으로, 빛깔로 메시지를 던져 주어 우리를 일깨워 주는 귀한 존재다. 그런 돌에게서 무언의 가르침을 듣는다.

글 낳는 집에서

고통 없이 태어나는 생명은 없다고 한다. 알을 품은 연어는 바다에서 강으로 거슬러 올라가는 힘든 여정 끝에 알을 낳은 뒤 생을 마친다. 동물만 그런 게 아니라 식물도 마찬가지다. 겨울 동안 땅 밑에서 매서운 추위를 견딘 씨앗은 봄이 되면 몸을 덮고 있던 껍질을 벗어던지고 땅 위로 떡잎을 밀어 올리며 씨알의 사명을 다한 뒤 없어진다.

새 생명을 세상 밖으로 내보내는 방법은 여러 가지다. 화가는 그림을, 건축가는 건물을, 음악가는 작곡으로 자신의 혼신을 불어넣어 하나의 작품을 탄생시킨다. 그 모두가 하루아침에 이루어지지 않는다. 결실을 맺기까지는 수많은 시간과 노력을 들이는 것은 물론 이루 다 말할 수 없는 괴로움과 아픔을 수반하기 마련이다.

책도 마찬가지다. 글이 모여 한 권의 책이 태어나려면 온갖 진통을 겪은 끝에 나온다. 산모가 열 달 동안 뱃속에 품었다가 출산의 고통을 이겨 내고 아기를 낳는 것과 별반 다르지 않을 듯하다.

예전엔 글을 매우 중하게 여겼다. 옛 사람들은 글을 낳는 게 얼마나 어려운지 잘 알았던 듯싶다. 책은 물론이거니와 활자로 된 신문이나 종이 쪼가리라도 글이 쏟아질까 염려스러워 바로 놓거나 높은데 올려 두었다. 내가 어릴 때도 책을 발치에 두거나 밟으면 어른들로부터 혼꾸멍이 났을 정도로 활자를 중히 여겼다. 활자活字는 글을 살린다는 의미이다. 살아 있다고 여겨 더 소중하게 다루었던 성싶다. 그만큼 글 쓰는 게 결코 가볍지 않음을 말해 준다.

글을 낳으려면 우선 백지가 있어야 한다. 하얀 종이는 세 번 삶을 산다고 한다. 첫 번째 삶은 빈 종이에 그림을 그리거나 글을 쓰는 것이고, 두 번째 삶은 글이나 그림이 책으로 출판되는 것이다. 마지막으로 누군가 그 책을 읽어 주거나 그림을 보아 주면 세 번째 삶을 살게 된다. 한 권의 책에 세 번의 삶이 녹아 있는 걸 알기에 옛 어른들은 글이 써진 종이를 귀하게 여겼던 게 아닌가 싶다.

글을 낳는 곳이 있었다. 전라도 담양에 갔다가 지나가는 길가에 '글 낳는 집'이라는 간판이 서 있었다. 궁금해서 물으니 '작가들이 3개월간 머물면서 글을 쓰는 곳'이라고 한다. '글을 낳는다'는 말이 신선한 충격으로 다가와 속으로 몇 번이나 되뇌었다. 글을 쓰는 장소로서더 그럴싸한 이름은 없을 듯하다. 보이지 않지만 '글 낳는 집'에서는 좋은 작품을 낳으려고 작가들이 애쓰고 있을 게다. 암탉이 알을 술술 낳듯 글이 수월하게 나오면 얼마나 좋겠는가.

스님들은 일 년에 두 번 결제하러 선원으로 들어간다. 여름은 하안거, 겨울은 동안거로 3개월간 밖으로 나가지 않고 깨달음이라는 알을 낳으려고 화두를 가슴에 품는다. 그저 화두라는 의심덩어리를 깨트릴 때까지 절구통처럼 앉아 정진할 따름이다.

삶과 죽음이라는 일대사를 해결하는 일이라 신명을 걸고 화두를 타파하려고 힘쓴다. 그러기에 조석예불 할 때마다 지심귀명례至心歸命禮(지극한 마음으로 목숨 바쳐 부처님께 예배드립니다)라고 엎드려 절하며 다짐한다. 좋은 글을 낳으려고 3개월간 칩거하며 글을 쓰는 작가들도 그런 마음으로 창작에 임할 것 같다.

하늘처럼 떠받들며 대접받던 책들이 언제부턴가 하대받기 시작했다. 수많은 책들이 홍수처럼 흘러나와 책다운 책이 출판되지 않는 게 원인일 듯하다. 책도 시대의 흐름을 거역할 수 없게 되어버려 어쩔 수 없이 귀찮은 물건 취급을 받게 되었다. "악화가 양화를 구축한다"는 말처럼 양서는 여전히 건재한데 대책 없이 쏟아져 나오는 책들이 문제인 것이다. 예전엔 그나마 불쏘시개로서 사랑을 받았으나 지금은 불 땔 아궁이조차 없어 쓰레기통으로 직행이다. 운이 좋으면 폐지공장으로 가는 정도이니 누굴 탓하겠는가.

몇 편의 글이 교수님 손에 들려 온다. 그 중에 내 것도 들어 있다. 나름대로 애써 낳은 글이지만 교수님 앞에서는 여지없이 깨진다. 내 딴에는 잘 쓰느라고 쓴 글이건만 결점이 한두 군데 있는 게 아니다. 아직도 제대로 된 글을 낳으려면 갈 길이 멀다는 걸 깨닫는다.

참선공부에는 '사중득활死中得活'이라는 경계가 있다. 죽은 가운데서 다시 살아난다는 의미다. 글공부도 그와 같다. 수없이 많은 퇴고를 거친 뒤라야 제대로 된 글이 탄생하기 때문이다. 책들이 난무하는 것은 글을 너무 쉽게 생각해 대량생산해 내는 게 문제인 듯하다. 천만 번을 죽은 들 어떠랴. 좋은 글을 낳을 수만 있다면야 무엇이 겁나겠는가. 그저 목숨 내놓고 죽기 아니면 살기로 해 보아야 좋은 작품이 태어날 것이라고 생각하기에.

> 죽은 사람을 죽여 다하여야만
> 비로소 산 사람을 볼 것이요,
> 죽은 사람을 살려 다하여야만
> 비로소 죽은 사람을 볼 것이다.
> 殺盡死人 方見活人
> 活盡死人 方見死人

좋은 글을 써내고프다. 욕심만으로 이루어지지 않는다는 걸 뻔히 알면서도 노력은 않고 나무 밑에서 감 떨어지기를 바라는 건 아닌가 하고 마음을 추슬러 본다. 글을 낳는 고통을 한 순간이라도 느껴

본 적이 있었는지 나 자신에게 물어 본다. 고개를 흔든다. 지금부터라도 늦지 않다. 스스로에게 최면을 걸며 백지를 어떻게 메워 나갈까 고민에 빠진다. 컴퓨터를 마주하고 앉아 빈칸을 메운다. 지웠다가 다시 쓰기를 반복하며 조급해 하지 말자고 다지면서도 마음이 먼저 앞선다.

깨달음의 길을 향해 죽기 아니면 살기로 화두를 붙들고 씨름하는 선승을 닮아야겠다. 하다 보면 언젠가 글다운 글을 낳을 날이 오리라는 희망을 걸고 오늘도 글을 쓴다.

푸른 벚꽃

해마다 벚꽃 피는 날짜가 조금씩 당겨진다. 3월 중순부터 꽃망울을 터뜨리기 시작하더니 4월이 채 오기 전에 전국을 벚꽃천지로 만든다. 지구 온난화가 가져온 조춘의 풍경이다. '느리게'라는 슬로건이 호응을 받는 요즈음 웃어야 할지 울어야 할지 모르는 사이에 상춘객의 발걸음은 더욱 분주해진다.

밤새 내린 꽃비가 나무 아래에 연분홍 꽃무늬의 비단을 깔아 놓았다. 어제는 가지 끝에서 하늘거리며 선녀처럼 살다가 오늘은 땅에 떨어져 어디로 갈지 모르는 방랑객이 되었다. 화무십일홍이라는 말처럼 10여 일을 채 넘기지 못하고 봄날의 꽃은 비바람 따라 가버린 사랑이 되어버렸다. 조급하게 다가온 꽃잎과의 이별이 슬퍼 내 발걸음은 벚나무 밑을 떠나지 못하고 서성거린다. 이게 어인 일인가. 눈을 들어 바라보니 꽃 진 가지에 연자줏빛 잎이 삐죽이 올라와 있다. 꽃이 져버린 자리에 벌써 새순이 나온 것이다. 새순이 태어나며 꽃송이를 밀어버린 것인지, 꽃송이가 떠나며 흔적을 남겨준 것인지 도통 알 수 없다. 한 가지에서 나온 것만은 분명하다. 자주색 새순이 사나흘 뒤엔 연초록으로 바뀌면서 또 다른 놀라움을 안겨 주리라. 갓난아기가 갓 태어날 땐 빨간 핏덩이지만 며칠 지나면 본래의 살색으로 돌아오는 것처럼 얼마나 신기한지 모르겠다. 요술쟁이도 아니건만 그런 마술이 어디서 나오는 걸까. 나무마다 연둣빛 잎 잔치를 벌이는 날, 내 걸음은 나무 밑에서 다시 멈출 것임에 틀림없다.

일본 교토에서 천황이 살았던 어소御所를 참관했을 때의 일이다. 참관자를 위해 요소요소마다 전용해설사가 영어로 말해 주었다. 설명을 듣던 한국 관광객 한 분이 고개를 갸우뚱거리며 묻는다.

"일본에는 푸른 벚꽃이 있는가 봐요."

일본에서 공부한 덕분에 그 질문을 이내 알아챘다. 하자쿠라(葉櫻)라는 뜻을 잘못 이해한 것이라는 걸. 벚꽃이 진 자리에 올라온 연초록 이파리가 벚꽃처럼 예쁘다는 뜻에서 '푸른 벚꽃'이라는 별명을 붙였다고 말해 주었다. 미심쩍었던지 해설사에게 재차 물어보더니 나를 보고 계면쩍은 표정을 짓는다.

"스님 말이 맞았어요. 연푸른 잎을 그렇게 부른다고 하네요."

《아라비안나이트》에는 '푸른 장미' 이야기가 나온다. 사랑하는 공주

113

의 병을 낫게 해 줄 푸른 장미를 구하러 떠난 용감한 왕자의 러브 스토리다. 어릴 적엔 정말로 푸른 장미가 천국에서만 피는 신비의 꽃이라고 고스란히 믿었다. 요즘 아이들은 물감을 풀어 무지갯빛 장미도 만들어 낼 수 있는 시대에 살아 동화 속의 '푸른 장미'가 신기하다고 여기지 않을 것 같다. 인공으로 뭐든 만들어 내니 꿈이 하나씩 사라지는 것 같아 왠지 서글프다. 동화의 세계가 또 하나 무너지는 것 같아서다.

푸른 벚꽃은 인공으로 만들어 낸 것이 아니고 자연 그대로다. 벚꽃이 지는 게 아쉬워 연푸른 잎을 다시 피워 내다니⋯. 덕택에 봄을 두 번 느껴볼 수 있지 않은가. 연둣빛 새싹을 '푸른 벚꽃'이라고 표현한 발상이 신선하다. 그뿐이랴. 화려한 벚꽃과 견주어 푸르른 어린잎에 꽃만큼 높은 가치를 매겨 주는 감성도 놀랍다.

벚꽃잔치는 길어야 열흘이다. 그 기간이 지나면 벚꽃은 일순의 생을 마감하고 다음 개화를 약속한다. 짧고 굵게 산다더니 벚꽃을 이르는 말인가 싶다. 벚꽃은 화려하지만 그 삶은 조용하다. 소리 없이 사르르 몸을 열고 말없이 스르르 땅으로 내려온다. 피고 지는 모습이 너무나 고요하다. 태어났다고 응애응애 울고, 죽었다고 남은 사람들이 꺼이꺼이 우는 떠벌림과는 판이하게 다르다. 오고 감을 알리지 않고 조용히 생과 사를 마감하는 벚꽃처럼 살고프다.

꽃이 모두 져버리기 전에 꽃구경을 나섰다. 하얀 튀밥처럼 활짝 터

트린 벚꽃이 햇빛을 받아 뽀얀 자태를 자랑한다. 비가 온 뒤여서 나무 둥치와 나뭇가지의 검은 색이 한결 짙어져 흰 벚꽃이 더욱 눈부시다. 위는 하양, 아래는 깜장으로 정장을 한 벚나무의 패션 감각이 기막히다. 함께 차를 타고 가는 아흔여덟이나 된 노령의 은사스님은 차창 밖으로 펼쳐진 꽃들을 바라보며 야윈 손을 들어 흔들어준다. 그 모습이 어린애마냥 들떠 있다. 내려서 구경하자고 권하니 차 밖으로 한 걸음도 내딛지 않으려 한다.

"법념아, 나는 차 안에서 볼 거야. 다리가 아파 꼼짝하기 싫어."

작년까지만 해도 그런 대로 잘 걸으셨건만 지금은 아예 차에서 내리려 하지 않는다. 그렇게 바지런을 떨던 분이 저렇게 사그라지고 있다니…. 순간 떨어진 꽃봉오리를 지켜봐도 나오지 않던 눈물이 핑 돌았다. 그나마 꽃들에게 손 인사도 하고 예쁘다고 기뻐할 수도 있으니 그것만이라도 어딘가 싶어 위안을 삼았다.

조금 있다가 마음이 바뀌어 은사스님이 내려 보겠다고 한다. 벚꽃이 흐드러지게 늘어진 나무 아래엔 차들이 빈틈없이 자리 잡아 쉴 만한 곳이 없다. 꽃을 볼 수 있는 두 눈도, 향기를 맡을 콧구멍도 없는 차들이 명당자리에 버티고 있으니 정작 사람이 설 자리가 없다. 문명의 이기는 편리함을 줄 땐 곱상이지만 이럴 땐 밉상이다. 그러나 차가 무슨 죄가 있나 싶어 밉다는 생각보다 꽃무더기 속에 쌓여 있으니 '꽃차'라고 예쁘게 봐 줘야 할 것 같아 얼른 자리를 떴다.

벚꽃은 연분홍 벚꽃을 피운 뒤 푸른 벚꽃도 피워 두 번 꽃 잔치를 벌인다. 사람도 벚꽃처럼 청춘이 두 번 온다면 얼마나 좋을까. 은사 스님에게 '푸른 봄'이 한 번 더 온다면 더할 나위가 없겠다. 내년에 꽃구경 올 때는 건강한 몸으로 걸을 수 있을 테니까.

벚꽃나무를 바라본다. 꽃잎 사이로 나온 푸른 잎이 눈부시다. 갖가지 파란 색을 띤 '푸른 벚꽃'들이 금방이라도 초록빛 물을 뚝뚝 떨어뜨려 마음까지 푸르게 물들일 것만 같다. 꽃만 꽃이 아니라 아름다운 것은 모두 다 꽃이라는 걸 새삼 느낀다.

희로애락의 대합창

옛 가람 건축물을 보려고 거조암居祖庵으로 발걸음을 옮겼다. 영산
루를 머리에 이고 돌계단을 오른다. 고려시대 양식인 작은 삼층석탑
이 나오고 그 뒤로 영산전靈山殿이라는 현판이 한눈에 들어온다.

거조암은 고려 중엽 대각 국사 지눌知訥(1158~1210)이 "땅에서 넘어
진 사람, 땅을 짚고 일어서야 한다"로 시작되는 〈권수정혜결사문勸
修定慧結社文〉*을 발표한 역사의 현장이며 오백스물여섯 체의 아라
한이 계시는 영산전이 있는 곳이기도 하다.

영산전은 국보 제14호로 가히 거조암의 백미로 꼽힌다. 정면 일곱
칸, 측면 삼 칸 규모의 주심포계 양식의 맞배지붕이다. 고려 말기 목

---

* 권수정혜결사문勸修定慧結社文 : 1190년 고려 중기 보조 국사 지눌이 팔공산 거조사에
서 결사를 시작할 때 '정혜쌍수定慧雙修'를 호소한 글.

조 건축물로 군더더기 하나 없는 간결한 구성과 짜임새로 구조미가 돋보여 다른 사찰 건축물하고는 외관부터 차별화가 된다.

일반적인 불전과 달리 영산전은 정면 가운데에 두꺼운 나무 판장문이 하나 달려 있을 뿐이다. 창은 창호지문이 아닌 붙박이창이며 앞면에 넷, 옆면에 각각 하나, 뒷면 가운데에 하나가 있다. 긴 붙박이창에는 세로로 마름모꼴 나무살창을 고르게 세워 채광과 통풍이 잘되도록 되어 있어 해인사 장경판전을 연상케 한다. 이런 구조로 보아 예전에는 경전을 보관했던 판고板庫가 아니었나 싶다.

가람 건축물은 대개 내부보다 외부가 더 짜임새가 있고 공간감이 있다고 알려져 있다. 그러나 영산전은 이런 말이 해당되지 않는다. 내부가 넓고 높아 훤히 트인 공간에는 배흘림기둥과 서까래가 노출된 지붕, 기둥과 기둥을 연결하는 구조적인 나무부재들만 보일 뿐이다. 가식 없이 천정의 구조를 솔직하게 노출하고 단청을 하지 않은 백골단청이어서 나무의 골격을 보는 듯하다. 사람으로 치면 자연미인이다. 건축에서 꼭 필요한 요소들만 갖춘 구조미를 '뼈대의 아름다움'이라고 한다는 말에 딱 맞는 표현이라는 생각이 들었다. 옛 장인들의 미적 감각이 매우 뛰어나 보는 내내 거대한 미술품을 감상하는 기분이었다.

소박하고 간결한 미를 갖춘 영산전 내부의 중앙에는 본존인 석가모니불을 중앙에 두고 우측에 미륵보살, 좌측에 제화갈라보살을 모셨다. 오백스물여섯 체의 아라한은 십대제자, 십육나한, 오백나한 등의 순으로 의상 스님의 〈화엄일승법계도華嚴一乘法界圖〉의 흐름으로 봉안해 놓았다.

법계도는 화엄사상을 210자로 요약하여 순환과 대칭의 구조인 나선형으로 배열한 도형이다. 화살표를 따라가다 보면 시작했던 자리로 돌아오게 되어 있어 마치 탑돌이를 도는 듯해 색다른 감동을 안겨 준다. 화강석으로 조성된 나한은 호분으로 곱게 칠해 놓아 보기는 좋으나 본래의 모습을 읽을 수 없어 못내 아쉬웠다. 건축물처럼 자연 그대로 꾸미지 않았더라면 더 좋았을 것을.

나한들의 얼굴은 저마다 희로애락을 표현하고 있어 그야말로 천태만상이다. 옛 석공의 손길에 의해 태어난 다양한 모습에 연방 감탄사가 터진다. 영산전 공간에 마련된 나한들의 세계는 삶의 애환이 배인 저자거리 골목처럼 눈에 익숙하다. 그래선지 어디서나 만날 수 있을 법한 우리네 얼굴과 비슷하다. 성인聖人이라기보다 차라리 이웃처럼 친근한 느낌을 준다. 앉음새나 모양새도 각양각색이다. 기쁨·성냄·슬픔·즐거움 등의 표정을 지은 나한의 모습들이 일상 속의 바로 나 자신을 보는 듯하다. 이렇듯 너무나 인간적인 나한의 모습 때문에 예부터 나한신앙이 끊이지 않고 이어져 지금껏 사랑받아 온 게 아닌가 싶다.

영산전 내부의 높고 넓은 공간은 언제나 나한들의 소리로 그득하다.

저마다 부르는 삶의 노래가 하모니를 이룬 합창이 되어 맞배지붕을 넘어 하늘로 울려 퍼질 것 같다. 미술사학자 강우방 교수도 오백스물여섯 체의 나한들이 짓는 각양각색의 유머러스한 모습을 보고 "인간 희로애락의 대합창"이라고 말했다. 해마다 연말이면 듣는 〈베토벤 교향곡 제9번〉에 나오는 '환희의 송가'라는 합창곡보다 더 웅장하고 거룩할 듯하다. 우리의 삶을 그대로 표현했기에 어느 누구의 소리보다 가슴을 울려 감동을 줄 것임에 틀림없어서다.

얼마 전 국립중앙박물관에서 전시된 〈영월 창령사 터 오백나한〉을 보러 갔었다. '당신을 닮은 얼굴'이라는 부제에서 보여주듯 나한에게서 마음이 치유되는 감동을 선물 받았다. 거조암 영산전의 오백나한의 경우도 성인의 거룩한 모습보다 인간적인 표정과 자세를 취하고 있어 뭐든지 말하면 다 들어줄 것 같아 하소연하고 싶어지는 얼굴이다. 나한은 성인이지만 인간과 닮은 모습을 하고 있어 편하게 느껴져 가까이 다가가게 만들어 준다.

나한에게 기도를 드리면 소원성취가 잘 된다는 입소문이 퍼져서인지 오는 분들이 끊이지 않는다고 주지스님이 말했다. 때마침 누군가가 공양을 올렸는지 나한 한 분마다 백 원짜리 동전 한 닢과 사탕두 알을 올려 놓은 게 눈에 띈다. 쌀, 사탕, 과자 등 나한에게 올린 공양물은 주변의 군부대나 복지회관, 가난한 이웃들에게 나눠 주어 회향을 한다고 하니 이것이야말로 만발공양萬鉢供養이 아닌가 싶다. 나한들은 영산전에 가만히 앉아 있건만, 그 음덕으로 알게 모르게 좋은 일을 많이 하게 만드니 이보다 더 좋은 일은 없을 듯하다.

밖으로 나와 영산전 외부를 다시 찬찬히 둘러본다. 화장기 하나 없는 백골단청은 세월 따라 곱게 늙은 자연스런 민낯을 그대로 보여준다. 흙벽의 부드러운 질감과 자연스런 색감이 조화를 이루고 배흘림 기둥의 나뭇결은 골이 파여 할머니의 주름처럼 정겨운 모습이다. 벌레가 파먹은 기둥은 구멍구멍마다 보고 들은 역사를 감춰 놓기 위해 작은 굴을 깊숙하게 파 놓은 듯해 언젠가 귀를 기울여 들어보고 프다.

측면으로 돌아가니 삼각형 맞배지붕의 평면 분할이 멋들어지다. 종도리, 솟을 합장, 중도리, 마루대공, 대들보 등이 왈츠의 삼박자 리듬을 타듯 조화를 이뤄 안정감을 준다. 700년 가깝도록 지붕을 버티고 견딘 견고한 구조에 경탄을 금치 못하겠다. 도심의 콘크리트 빌딩 사이에서는 절대 맛볼 수 없는 건축물의 조화를 영산전에서 찾을 수 있어 무엇보다 흐뭇했다.

거조암은 열 번도 넘게 온 곳이지만 그땐 청맹과니와 다름없어 아무 것도 보이지 않았다. 영산전의 건축미를 이제야 알아보고 마음에 가득 담아 갈 수 있어 무척 흔흔하다. 다시 오리라 기약을 하며 서둘러 하산한다. 미끈유월의 긴긴 해가 넘어가며 노을을 남긴다. 산사의 하루는 이렇게 저물어간다. 저녁노을을 벗 삼아 산을 내려가는 발걸음이 점점 빨라진다.

포행

도량을 한 바퀴 돌려고 운동화 끈을 조인다. 추운 겨울이지만 낮에
는 따뜻해 포행을 하기가 좋다. 샛노란 은행잎은 흑갈색으로 변해
돌아다니고 추수를 끝내 먹을 것이 줄어든 참새들은 모이를 찾아
짹짹거리며 모여든다. 스산한 바람이 지나갈 때마다 낙엽과 새는 부
르르 떨며 저마다 소리를 낸다. 겨울에만 들을 수 있는 울음소리다.

얼마 전만 해도 노란 은행잎이 손을 흔들며 조금씩 떨어지더니 갑
자기 된서리가 내리자 와르르 떨어져 내렸다. 갈고랑이로 한해를 마
감한 잎들을 긁어 꽃밭에 뿌렸다. 꽃밭으로 이사 온 은행잎은 겨울
을 지내면서 남아 있던 기운을 모두 땅에게 넘길 게다. 그런 희생이
있기에 내년 꽃밭은 생기를 얻게 될 것이다.

꽃밭 옆에 높이 자란 산수유는 가지마다 선홍색 결실을 맺었다. 빨
간 열매들이 지난 밤 찬바람에 땅으로 떨어져 발발 떨고 있다. 행여
밟히면 뭉개질까 봐 한옆에 모아 두었다. 벌써 솜털에 쌓인 꽃 몽우

리가 나뭇가지에서 잠들어 있다. 겨울잠에서 깨어나면 기지개를 켜고 나와 노란 산수유 꽃이 피어 봄을 알려줄 테지….

법당 뒤로 돌아갔다. 은행나무 위를 올려다보니 꼭대기에 새집 몇 채가 보인다. 잎이 다 떨어지니 훤하게 보인다. 까치가 은행나무에 둥지를 틀려고 만든 집이다. 제일 꼭대기엔 말벌집이 턱하니 버티고 있었으나 늘 위태위태해 보였다. 염려했던 대로 어느 날 뒤바람이 세차게 불어 말벌집이 떨어져 벌들이 모두 죽어 버렸다. 뜻하지 않게 은행나무 밑이 벌들의 공동묘지가 되었다. 사람들처럼 로열층이라는 제일 위층을 선호하다 된통 서리를 맞은 셈이다. 나무 밑에는 아직도 벌집의 잔해가 육각형의 구멍이 숭숭 난 채로 바람이 불 때마다 굴러다닌다.

늦게까지 버티던 후박나무의 커다란 이파리도 다 떨어지고 없다. 다갈색이 도는 낙엽의 앞면은 윤이 나서 매끄럽고, 뒷면에는 하얀 솜털이 있어 만지면 벨벳처럼 부드러워 푸른 잎일 때와는 전혀 다른 느낌이다. 색깔이 예뻐 몇 개 주워 주머니에 넣었다. 법당을 돌아 나와 돈대墩臺라는 낮은 언덕으로 오른다. 입구에 수문장처럼 떡 버티고 있는 것은 보리수다. 혼자 있는 게 안쓰러워 주변에 동백을 여러 그루 심어 주었다. 보리수 잎이 무성할 땐 동백이 기를 못 펴다가 보리수 잎이 다 지고 나니 진녹색 잎에 생기가 돈다. 겨울 칼바람을 견디지 못한 잎이 동상에 걸려 푸르죽죽해진 것도 있고 벌겋게 얼은 것도 있는 걸 보니 겨울을 이겨내느라 꽤나 고생하는 것 같다.

돈대에는 '대한민국 사적지 제15호 흥륜사지'라고 새겨진 비석이 한쪽에 서서 옛 절터라는 걸 알려 준다. 흥륜사는 《삼국유사》에 가장 많이 나오는 사찰명이기도 하고 이차돈異次頓이 순교한 성지이기도 하다. 돈대 둘레에 울타리로 심은 상록활엽수인 남천은 여름내 검푸른 녹색으로 시원함을 안겨 주다가 이젠 자줏빛으로 물들었다. 구슬을 닮은 빨간 남천 열매가 소담스레 열려 성지를 지켜 준다.

벌써 40여 년 전이다. '돈대에 있는 큰 나무를 다 베어내라'는 경고장이 문화재청에서 내려왔다. 나중에 유적지를 발굴하게 될지 모른다는 이유에서다. 당시 돈대에는 고목이 된 감나무가 한 50여 그루 있었다. 70년대만 해도 먹을거리가 귀해 감꽃이 필 때면 동네꼬마들이 들어와 감꽃을 주워 가느라고 재잘거리는 소리가 들리곤 했다. 나라의 명령이라 하는 수 없이 감나무를 베어내고 영산홍과 벚꽃잔디를 심었다. 그 뒤로 5월이 오면 돈대는 분홍 꽃으로 뒤덮인다. 지금은 겨울이어서 꽃들은 지고 잎들은 추워서 검자줏빛으로 변했다.

돈대에서 내려오니 큰 소나무 두 그루가 눈에 들어 온다. 흥륜사가 다시 자리 잡은 지 얼마 되지 않은 때였다. 신도 한 분이 도량에 소나무 두 그루를 심어 주었다. 당시엔 그리 크지 않았으나 앞으로 클 것을 생각해 양쪽으로 멀찌감치 떼어 심었건만 40년이 넘으니 간격이 점점 좁아져 서로 떼어 놓아야 했다.

소나무가 너무 자라 포클레인을 동원해 두 그루 파내는 데만 한나

124

절이 걸렸다. 뿌리를 마대로 싸고 새끼로 묶어 이식을 끝내니 해가 넘어가 어둑해질 무렵이었다. 한동안 소나무가 뿌리를 못 내려 몸살을 하더니 세월이 흐르면서 제자리를 잡아 싱싱해졌다. 사람도 거처가 자꾸 바뀌면 자리 잡기가 어렵듯 소나무도 그동안 고생깨나 했을 성싶다.

홍륜사 터는 신라 때 천경림天鏡林이라 불리던 숲이었다. 소나무가 울창해 베어낸 나무로 홍륜사를 다 짓고도 남을 정도였다고 《삼국유사》에 실려 있다. 그런 역사를 근거삼아 은사스님은 도량에 소나무를 많이 심었다. 솔방울이 떨어진 자리에 싹이 터 묘목이 될 만큼 크면 옮겨 심기를 거듭해 도량 곳곳에 소나무가 보인다. 앞으로 지구온난화가 계속되면 소나무가 클 수 있는 환경이 되지 않을 거라고 환경처에서 발표했지만 아직은 괜찮은 듯하다. 식물은 환경이 바뀌면 거기에 적응하려는 힘이 생긴다고 하니 크게 걱정하지 않아도 될 것 같다.

포행을 돌아 금당선원 앞에 섰다. 앞면이 서향이라서 여름엔 해가 방까지 들어와 애를 먹는다. 그늘을 생기게 하려고 소나무 두 그루를 선원 앞에 양쪽으로 심었다. 본래 목련이 있던 자리였지만 토종 소나무가 그 자리를 대신했다. 10여 년이 지나는 동안에는 별로 자라지 않더니 어느새 그늘을 드리우는 큰 나무로 자랐다. 이젠 두 나무의 가지가 서로 맞붙을 정도로 커 버려서 전지를 해서 조금 떼어놓았다. 소나무를 옮겨 보니 새로운 환경에 적응하려고 애쓰는 모습이 너무 안타까워 선방 앞의 나무는 그대로 두었다.

선원 옆의 남새밭으로 갔다. 12월이지만 김장을 하고 남은 배추 이
파리가 아직 파랗다. 해가 좋은 낮엔 농사용 담요를 열어 주고 기온
이 내려가는 밤에는 덮어 주니 얼지 않고 잘 견딘다. 그 덕에 상추
도 잘 자란다. 좀 더 기온이 내려가면 어렵겠지만 얼마동안은 싱싱
한 푸성귀를 먹을 수 있는 호사를 누릴 수 있을 듯하다. 채소는 기
를 때도 손이 가지만 갈무리할 때는 손이 더 간다. 뭐든 노력하는
만큼 얻어진다는 걸 남새밭에서 배운다.

포행을 돌고 와서 신발 끈을 풀었다. 마루에 올라서서 바깥을 내다
본다. 마른 은행잎이 다른 낙엽들과 뒤섞여 바람이 불면 몸을 뒤척
인다. 아직 살아 있다는 몸짓이다. 지금은 황량하지만 봄이 오면 연
두색 새싹들이 다투어 돋아나고, 산수유는 샛노란 꽃을 피우리라.
상록수인 소나무는 묵은 잎을 떨어뜨리고 새잎이 뾰족하게 올라올
준비를 할 것이고 남새밭에는 스님들이 봄채소 씨를 뿌릴 게다. 봄
이 오는 소리가 벌써 들리는 듯하다.

어디선가 갈까마귀 떼가 날아와 전깃줄에 앉아 쉰다. 아까 마당에
서 놀던 참새 떼는 어디로 갔는지 흔적도 없다. '도량 80리'라고 하
더니 피곤함이 쏴 하고 몰려 온다.

종이 칼

생전 처음 해 보는 일이다. 지하 공간에서 통신대학 학생들에게 보내는 유인물과 함께 새 책을 상자에 넣어 포장하는 작업이다. 포장이 끝난 상자를 번쩍 들어 차곡차곡 짐수레에 쌓아 엘리베이터로 계속 나른다. 택배로 보내기 위해서다. 3월이지만 한여름에나 흘릴 땀이 이마를 타고 내려온다.

입학식 날 학생과로 갔다. 일본말이 서툴러 일본어를 잘하는 한국 유학생을 앞세워 사정 이야기를 하자 학교에서 일자리를 주었다. 비구니라는 승려 신분에다 오십이라는 나이까지 보태지니 일반 학생들처럼 식당 일을 할 수도 없고, 막노동도 할 수 없어 부탁을 해서 얻은 일자리다. 감지덕지해 입학식이 끝나자마자 바로 일하러 갔더니 생각보다 힘들다. 단순노동이라 말이 별로 필요치 않아 무엇보다 다행이었다. 하지만 간단한 말도 못 알아들어 손짓발짓으로 일을 시켜야 하는 담당직원은 꽤나 힘들었을 성싶다. 통신대학의 학생 수는

2만 명을 헤아렸다. 많은 학생들에게 학습 자료를 보내야 하는 새 학기여서 쉴 틈조차 없이 바쁘게 돌아갔다.

책자 속에 정오표를 끼워 넣는 작업을 할 때였다. 아직 일이 서툴러 종이에 손가락이 베여 피가 흘렀다. 종이가 칼처럼 날카롭다는 걸 그때 처음 알았다. 새 책이어서 종잇장이 칼날과 같다는 걸 몰라 함부로 취급하다가 상처가 난 것이다. 얇은 종이가 날카로운 칼이 되어 무서운 무기로 변할 줄은 꿈에도 생각지 못한 일이다. 밴드로 응급처치한 손가락이 쓰리고 아리지만 쉴 수 없다. 분업으로 착착 진행되기 때문에 한 사람이라도 빠지면 일에 능률이 오르지 않아 아파도 참고 하는 수밖에 별 도리가 없었다. 나만 그런 게 아니라 다른 학생들도 마찬가지였다. 종이의 칼날이 얼마나 날카로운지 베여보지 않은 사람은 잘 모를 게다. 한번 혼이 난 뒤로 조심하느라고 하지만 일하다 보면 나도 모르는 사이에 또 베였다.

일본 오사카 성에 가면 온갖 칼들이 진열되어 있다. 일본에서는 삼영걸三英傑*의 한 사람으로 존경받지만, 우리나라에선 미움을 받는 도요토미 히데요시(豊臣秀吉)가 지은 성이다. 성에는 짧은 단도에서부터 사람 키보다 더 긴 장도까지 시퍼런 칼날을 뽐내고 있어 섬뜩한 느낌이 든다. 진열된 칼 중에 종이 칼은 눈 씻고 봐도 없다. 종이

---

*삼영걸三英傑 : 일본의 세 사람의 영웅호걸로 오다 노부나가(織田信長), 도요토미 히데요시(豊臣秀吉), 도쿠가와 이에야스(德川家康)를 말한다.

는 새것일 때만 효능을 발휘하기 때문일 게다.

출가하면서부터 칼과는 떼려야 뗄 수 없는 관계가 되었다. 지금은 골동품이 되어 버렸지만 면도칼이 나오기 전까지는 삭도削刀만이 머리를 미는 유일한 도구였다. 당시엔 제 아무리 재주가 좋아도 삭도로는 혼자서 머리를 깎을 수 없었다. "중이 제 머리 못 깎는다"는 말은 삭도를 쓸 때 나온 이야기이다. 면도칼로는 너도 나도 할 수 있게 돼 지금에 와서는 맞지 않는 말이건만 여전히 써먹는 걸 보면 웃음이 피식 나온다.

삭도를 쓸 때 아무리 길이 잘 든 칼이라도 서투른 이가 잡으면 그날은 각오해야 한다. 온 머리에 상처투성이가 되기 때문이다. 어느 스님 말마따나 "머리에 포를 뜰 게 뭐 있다고 그렇게 회를 쳐 놓나"라고 말할 정도이다. 쇠로 만든 삭도는 잘 들어서 자칫 잘못하면 상처가 깊이 나 열흘쯤 지나야 겨우 아물게 된다. 삭도가 잘 들지 않으면 머릿밑이 남아나지 않는다. 머리가 잘 깎이지 않으니 이리저리 칼을 대서 머리를 엉망으로 만들어 놓는다. 그렇게 될까 봐 삭발할 때마다 불안해진다.

삭발날이 오면 속으로 빈다. 제발 익숙한 스님이 내 머리를 담당했으면 싶어서다. 하지만 능숙한 솜씨를 자랑하는 스님들은 어른스님들 차지가 되어 언감생심 바라볼 수도 없다. 출가한 지 얼마 안 된 새 중 때는 머리에 상처를 이고 살았다. 얼마 안 있어 면도칼로 바뀌면서부터는 신천지가 열리는 것 같았다. 전에 비해 삭발이 너무 쉬워져서다.

면도칼이 생기자 처음엔 실수로 베이기도 했지만 삭도에 비하면 식은 죽 먹기였다. 면도기가 나오기 전엔 대나무를 얇게 저며 면도칼을 거기에 끼워 실로 챙챙 감아 썼다. 그러다가 면도기가 나오자 훨씬 하기 쉬워져 혼자서도 너끈히 깎게 되었다. 이전에는 삭발날이 되면 늘 불안했지만 지금은 면도칼이라는 문명의 이기가 주는 즐거움을 누리게 되었다.

머리를 다 깎고 났을 때의 상쾌함이란 아마 경험해 보지 않은 이들은 잘 모를 게다. 머리 밑이 반지르르해서 만져 보면 기분이 그렇게 좋을 수가 없다. 그래서 "중은 깎아서 팔아먹는다"는 말이 생겨났나 보다. 보통 때보다 한 인물이 더 나기 때문인 성싶다. 불교에서는 머리칼을 무명초無明草라고 한다. 출가를 하게 되면 번뇌의 뿌리인 무명을 없앤다는 의미로 싹 깎아 버린다. 처음 삭발할 때 "하루에도 몇 번씩 자기 머리를 만져 보아라. 내가 왜 출가했는지를 깨닫게 해 줄 거야"라는 말씀을 어른스님들에게 들었다. 그 말씀대로 게을러지려할 때마다 머리에 손을 대 보고 새로운 각오로 정진하곤 하였다.

일본으로 유학 오자마자 일을 해야 되는 형편이었다. 학비는 그럭저럭 마련했으나 수중에 한푼도 없어서다. 학부 4년이 끝날 때까지 일했으니 수없는 상처가 내 손을 스쳐 갔다. 그 덕에 용돈을 벌어 일용잡비는 충당이 되었다. 어떨 때는 돈 벌기 위해 이곳까지 왔나 싶은 생각이 들 때도 있었다. 다행히 2학년 때부터 장학금을 받았으나 아르바이트는 학부 내내 계속하였다. 노동의 대가보다 일하는 게 즐거워서였다.

지금은 이상하리만치 상흔이 하나도 남아 있지 않아 내가 생각해도 신기하다. 종이 칼에 베였던 상처가 양손에 보이지는 않으나 후유증은 남아 있어 새 책이 오면 조심스럽게 다룬다. 혹여 베일까 봐 두려워서다. 돌이켜 보니 종이 칼은 내게 있어 자극제였다. 도전정신을 길러준 고마운 존재일 뿐만 아니라 어려움을 견뎌낼 수 있는 힘을 길러준 도반이라고 여겨진다. 더불어 삭도·면도칼도 지금껏 승려로서 정진할 수 있게 만든 일등공신이랄 수 있다. 칼은 남을 다치게 하지만 때론 베인 상처가 자극제가 되어 매사에 조심스레 다가갈 수 있도록 만든다.

차의 원류, 기림사

아침마다 차를 마신다. 푸르스름하게 우러난 빛으로 눈을 씻고 찻물 소리로 귀를 열고 한 모금의 차로 입안을 헹군다. 오늘도 눈과 귀와 입이 청정하기를 기원하면서 차를 부드럽게 넘긴다. 속이 따뜻해져 온다. 환해진 창호지 문을 열고 바깥 풍경을 보며 즐거운 하루의 시작을 알린다.

차를 즐겨 마시면서도 차에 대해 너무 몰랐다. 차의 성지인 기림사에 가서 차의 역사를 알아보려고 벼르기만 하고 실행에 옮기지 못했다. 그동안 마음만 먹고 있다가 어느 날 봄바람에 실려 기림사로 향했다.

부처의 나라로 들어가는 일주문이다. 안으로 들어서자마자 고즈넉한 분위기에 젖어들어 저절로 옷깃이 여며진다. 숲속 바람과 함께 계곡 사이로 흐르는 물소리가 찻물 내리는 것처럼 들린다. 속세에 물든 내 눈과 귀와 입이 여기서 다 씻겨 내려가기를 발원하며 들어섰다.

기림사祇林寺의 옛 이름은 임정사林井寺 또는 임정사林淨寺이다. 숲과 우물이 있는 깨끗한 절이라는 뜻이다. 옛날에는 숲에다 차밭을 일구고 정갈한 우물물로 찻물을 우려내었을 게다. 절터도 신령스러운 거북이가 물을 마시는 형상으로 애초부터 기림사는 물과 인연이 깊음을 알려 준다.

절에 들어서자 큰 수각이 눈에 띈다. 철철 흘러내리는 청정수가 목마른 참배객을 반겨 준다. 물을 한 바가지 떠 마셔 보니 온몸이 깨끗해지는 기분이다. 정수기물이나 사먹는 페트병 생수와는 전혀 맛이 다르다. 물통을 가지고 오지 못한 게 후회스럽다. 여기 와서까지 왜 그런 물욕이 생기는지 알다가도 모르겠다. 욕심을 씻어 내리려고 물을 떠서 또 마신다. 돌로 만든 홈통으로 쉼 없이 흐르는 물은 허둥대지 말고 느긋하게 살라고 일러 주는 것 같다.

기림사의 유래는 알수록 경이롭다. 예전에는 오종수 맑은 물이 오방 즉 동서남북과 중앙에서 샘솟았다. 그뿐 아니라 오종수로 다섯 가지 색을 내는 오방색 목단을 꽃피우고 오색 이아가 나무숲을 가꾸어 부처님 세계를 도형화한 가람이었다고 《기림사사적기祇林寺事蹟記》에 적혀 있다. 그야말로 안락정토를 지상에 세운 절이었다. 지금까지 그 자취가 그대로 남아 있다면 얼마나 좋을까 싶다.

차의 시원을 더듬어 보면 차를 우려서 마신 역사적 증거는《안락국태자경安樂國太子經》에 처음으로 나온다. 차 씨앗을 중국에서 가져와 지리산에 심었다는《삼국사기》기록보다 100여 년이 앞선다. 기림사가 차의 원류라고 밝혀 줄 더 확실한 증거를 찾아 약사전으로 발걸음을 옮겼다.

설레는 마음을 가다듬고 왼쪽 벽면을 올려다보았다. '급수봉다汲水奉茶'하는 벽화가 눈에 들어온다. 사라수왕이 직접 물을 길어와 차를 우려내 광유 선인에게 헌다하는 내용의 그림이다. 광유 선인은 인도에서 건너와 기림사를 창건한 분으로《안락국태자경》에 나오는 고승이다. 차의 예법과 수행을 보여주는 〈헌다도獻茶圖〉는 차의 성지로 알려진 대흥사 일지암보다 150년이나 앞서 그려진 문화유산이다. 기림사야말로 차의 성지거니 일반인들은 물론 다인들조차 잘 모르는 실정이어서 안타깝기 그지없다.

차의 중흥조 초의艸衣(1786~1866) 선사도 3개월간 기림사에 머물렀다는 기록이 있다. 초의 선사는 〈헌다도〉를 바라보며 무슨 생각을 했을지 궁금하다. 역사의 현장이 그려진 〈헌다도〉를 보니 문득 기림사의 감로수로 차를 달여 부처님께 올리고 싶은 생각이 들었다.

감로는 하늘에서 내리는 상서로운 이슬이다. 단맛이 난다고 감천甘泉, 우윳빛이 돈다고 유천乳泉이라고도 부른다. 찻물로서는 감로수를 최고로 쳐 준다.《별본기림사적別本祇林寺籍》에 따르면 기림사의 오종수는 석가모니불 전생으로 거슬러 올라가는 오랜 역사를 지녔다. 그동안 명칭이나 위치가 바뀌었지만 북쪽 감로수만은 그대로 남아 있다. 불교에서 감로는 중생들의 몸과 마음을 해탈시킨다고 예부터 알려져 지금도 멀리서 기림사 북암까지 감로수를 길으러 오는 사람들이 있다고 한다.

감로수를 마시기 위해 북암으로 발길을 돌렸다. 암자에 들어서니 잘 정비된 수조에서 감로수가 흘러나온다. 흐르는 물을 껴안고 싶을 정도로 반가웠다. 물빛이 그지없이 맑아 물을 떠서 조금씩 음미하며 마셨다. 하늘이 내린 귀한 생명수이니 천천히 마시는 것이 최소한의 예의가 아닌가 싶어서다.

오랜만에 오니 기림사 주변이 이전과는 많이 다른 모습이다. 경내에는 목단과 작약을 심어 오종화가 피었던 옛 도량의 이미지를 살리고 사찰 뒤편에 있는 산에는 전보다 차 재배지를 더 넓혀 '차의 성지'로서의 면모를 점점 갖추어 가는 모습이 보인다. 그런가 하면 오종수가 나오던 자리를 발굴하여 샘이 다시 솟아나도록 할 예정이라고 한다. 조만간 다섯 가지 샘물로 차를 우려내어 마실 날이 머지않을 듯하다.

일본의 어느 찻집에서다. 차의 한자를 풀이한 액자가 벽면에 걸려 있었다. 차茶라는 한자는 펼치면 백팔이 되니 차로써 백팔번뇌를 모두 씻을 수 있다는 내용이다. 그만큼 차가 우리에게 주는 이로움이 많다는 것을 강조한 말이다. 차茶라는 글자를 살펴보면, 제일 위의 초두艸頭는 이십이고 그다음은 여덟(八)이고 마지막은 십十이 여덟(八)이니 모두 합하면 백팔이 된다. 차의 효능을 이보다 잘 표현한 글이 있을까. 참으로 일본인다운 발상이다.

약사전을 나와 걸음을 옮긴다. 종무소 옆의 다실에 '기다림'이라는 팻말이 붙어 있다. 절 이름인 기림사의 '기림'에다 가운데 차 '다' 자를 넣어 지은 것으로 기발한 이름인 성싶다. 창의적인 발상에 무릎이 쳐진다. 기다림祇茶林이라고 쓴 한자 또한 기림사에 맞는 찻집 이름이 아닌가 싶다. 수각에서 흐르는 맑은 물을 길어와 다실에 앉아 느긋이 기다리면서 차를 우려내 마신다. 기림사에서 만든 '화정'이라는 찻잎으로 우린 차다. 그야말로 단이슬이 따로 없다.

일주문을 나선다. 눈과 귀와 입을 찻물로 다스리고 나오니 마음이 청결해진 듯하다. 옛날 기림사에 있었다는 이아가 나무숲에서 실어보낸 맑은 공기를 마셔서일까? 아니면 하늘이 내린 감로를 마신 덕분일까? 차의 성지 기림사에서만 누릴 수 있었던 여유로움이다. 기림사에서 '기다림의 미학'을 다시금 떠올린다.

제3장

그믐밤 별빛이

길 위에 쏟아져 내리고

처진 걸이

결명자꼬투리가 갈색으로 짙어진다. 벌어지기 전에 남김없이 거둬들였다. 큰 양푼에 가득 담긴 것을 보니 마음이 푸근해진다. 농부가 추수를 끝내고 쌓여진 볏가리를 바라볼 때의 마음이 이럴 성싶다. 마루에 내려앉은 초겨울햇살이 따뜻해 모처럼 느긋하게 앉아 일을 즐긴다.

볕이 좋은 마루에 결명자를 꼬투리채 넣어 두니 껍질이 오그라들며 씨앗들이 밖으로 튀어나온다. 어서 세상구경을 하고 싶은가 보다. 흑갈색의 알맹이들이 여기저기서 나보란 듯이 반짝거린다.

접때부터 미루기만 하던 날을 잡고 결명자 씨를 발라내는 작업을 시작하기로 했다. 골라낸 씨알이 불어나는 만큼 그릇에는 수확물이 수북하다. 따라서 껍데기도 점점 쌓여 간다. 흑요석黑曜石처럼 빛나는 알맹이를 들여다 본다. 딴에는 깨끗이 한다고 했건만 골라내야 할 것들이 더러 눈에 뜨인다. 키로 까부르니 검불은 날아가고 모래·흙·돌 등 자잘한 부스러기들은 아래로 처진다. '처진 걸이'들이다. 씨알은 깨끗이 씻어 말린 뒤 철판에 달달 볶아 차로 마시면 결명자決明子라는 이름처럼 눈을 밝게 해 준다. 마음의 눈도 함께 맑아지면 얼마나 좋으랴.

처진 걸이라는 말을 알게 된 연유는 이러하다. 전라도 어느 절에서 객으로 하룻밤을 묵게 되었다. 자고 갈 방을 안내하려고 먼저 들어간 스님이 방을 열더니 "워메, 처진 걸이가 왜 이리 많디야"라며 빗자루를 가져와 쓸어내고 걸레로 깨끗이 닦은 뒤 들어오라고 한다. 먼지나 지스러기같이 보잘것없는 것들을 '처진 걸이'라고 표현하는 남도 사투리가 묘하게 마음을 끌어당겼다.

내다버릴 게 처진 걸이 정도라면 아무 문제가 없을 게다. 생활이 편리해진 대신 내다 버릴 건 기하급수적으로 불어나 감당이 안 될 정도가 되었다. 처음엔 처진 걸이라고 부르다가 쓰레기라고 막된 이름으로 변한 듯하다. 헌신짝 내던지듯 버려지는 것도 서러운데 이름조차 버림받는 느낌이 드니 몹시 안쓰럽다.

일본에선 예전에 쓰레기를 고미(塵), 쓰레기통을 고미바코(塵箱)라고 썼다. 이젠 발음은 같으나 글자를 바꾸어 고미(護美), 고미바코(護美箱)라고 부른다. 환경을 아름답게 보호해 준다는 이미지로 개명을 한 것이다. 쓰레기가 주변에 있으면 주워 넣고 싶어지는 이름이 아닌가 싶다. 같은 값이면 다홍치마라고 이참에 쓰레기라는 말을 듣기 좋은 말로 바꾸면 어떨까 싶다.

요즘은 버리는 게 너무 많이 나와 골칫덩어리다. 쓰레기가 쌓이고 또 쌓여 육지에선 산이 되고 바다에선 섬이 되는 판국이다. 갈 곳을 잃은 쓰레기는 심각한 환경문제를 일으킨다. 쓰레기 매립장이나 소각장을 만들려고 하면 인근 주민들의 거센 항의에 그나마도 뜻대로 할 수 없는 형편이다. 버리는 것도 치우는 것도 둘 다 보통문제가 아니다. 뭔가 특별한 대책을 세우지 않으면 나중에 쓰레기더미 속에서 헤어나지 못하고 허우적거리게 될 것만 같다.

오스트리아 빈에 있는 슈피텔라우 쓰레기 소각장을 가본 적이 있다. 도심 가운데 있지만 위화감이 하나도 들지 않게 디자인된 건축물이었다. 환경운동가이자 건축치료사라는 별칭을 가진 훈데르트바서의 작품으로 놀이동산을 연상케 해 소각장이라고는 도저히 믿어지지 않았다. 소각로에서 나오는 열은 빈 시민들의 난방열로 재활용 된다는 설명을 듣고 부러움을 금치 못했다. 건물 자체가 예술작품이어서 보는 내내 감탄사가 흘러 나왔다.

요샌 사흘이 멀다 하고 쓰레기통을 비워야 할 정도로 버릴 것이 많이 나온다. 주로 플라스틱제품, 비닐포장지, 종이 나부랭이들이다. 그나마 종이는 재활용할 수 있지만 비닐이나 플라스틱종류는 썩지 않아 환경을 오염시키는 문제아가 된 지 오래다. 그런 형편이니 지구는 몸살을 앓아 낭패를 당하고 있다. 어떻게 해서라도 빨리 방책을 세워야 할 텐데 걱정스럽다.

공해가 없던 옛날로 돌아가고프다. 예전엔 재순환이 잘 돼 거의 다 자연으로 되돌아갔다. 예를 들면 사람이 먹은 채소나 음식은 인분이나 소변으로 나오고 그걸 밭에 주면 거름이 되어 채소가 자랐다. 다 자란 채소는 다시 사람이 먹었다. 이렇게 재활용이 잘되니 버릴 게 하나도 없을 수밖에. 그런 덕에 깨끗한 공기를 한껏 들이마실 수 있었고 맑은 물을 맘껏 들이킬 수 있었으며 늘 푸른 하늘을 우러러 볼 수 있었다. 땅 위의 짐승이나 하늘을 나는 새들이나 물속의 고기들도 평화롭게 제 수명을 누릴 수 있었다. 다시 그런 시절이 돌아온다면 얼마나 좋겠는가.

씨앗을 발라내고 남은 처진 걸이를 꽃밭에 흩뿌리고 돌아서려니 뭔가 텅 빈 듯하다. 꽃들이 동면에 들어가 하나도 보이지 않아서다. 봄이 오려면 아직 멀다. 목을 빼고 내년 봄이 오기를 기다려야겠다. 버려진 것들도 겨우내 눈비 맞고 바람에 시달리다가 곰삭아 흙으로 돌아갈 게다. 돌아오는 봄, 그 속에서 예쁜 꽃을 피울 싹이 돋아나리라.

겨울 꽃밭

12월이 와도 연일 따스해 섬초롱의 잎은 아직 푸르다. 그러나 한편에서는 어김없이 찾아온 겨울을 이기지 못해 여름에 무성했던 잎들이 누렇게 뜨거나 말라 있다. 이런 모습을 보면서도 꽃밭 정리를 선뜻 하지 못하고 서성인다. 가을이 아직 남아 있기라도 한 듯이.

오늘 내일 미루다가 드디어 시동을 걸었다. 봄부터 가을까지 분홍 꽃을 피웠던 두메달맞이는 잎을 다 떨어뜨리고 마른 줄기만 남았다. 맨드라미는 큰 꽃으로는 차를 만들고 작고 보잘것없는 것들은 그냥 버려두었더니 제풀에 말라 비틀어졌으나 달구벼슬 같은 빨간 꽃은 나보란 듯이 빛깔이 선명하다. 피고 지었던 꽃의 흔적은 거의 없어져 버렸으나 난초의 빳빳한 잎들은 누렇게 변해 아예 퍼드러져 누웠다.

전지가위로 자를 건 자르고 손으로 뽑을 건 뽑으니 꽃밭이 제법 휜

해졌다. 씨가 떨어져 꽃밭에서 자란 결명자는 자손을 많이 퍼트렸다. 가는 콩꼬투리 같은 주머니에 반들거리는 갈색 열매가 소복하게 들어 있어 수확의 기쁨도 누렸다.

그 외에 국화, 나리, 백합, 아기범부채, 매발톱 등은 다년초여서 내년을 위해 줄기만 잘라 주었다. 정리하다 보니 여름에 먹고 버린 옥수수자루가 흉한 몰골로 변해 시커멓게 썩어 있다. 누가 꽃밭에 버렸는지 모르지만 거름이 되라고 호미로 파 땅속에 고이 묻어 주었다.

담장 한쪽에 자란 산수유는 빨간 열매를 탐스럽게 매달고 있다. 잎이 다 떨어진 가지에 달린 선홍빛 열매가 햇빛을 받아 더 붉게 보인다. 작년까지는 떨어진 열매를 주워 일일이 씨를 빼내고 바싹 말려 차를 끓여 마셨다. 나이 탓인지 이젠 그마저 하기 싫어 아깝지만 쓸어서 꽃밭에 밀어 넣었다. 산수유가 이별을 아쉬워하며 낙담하는 것 같아 마음이 돌덩이처럼 무겁다. 누군가 주워가서 차를 만들면 좋으련만….

꽃밭을 정리할 때 반가운 놈은 상록수이다. 동백, 남천, 먼나무, 호랑이발톱 등은 별로 손질할 것이 없다. 그냥 두어도 푸른 잎을 달고 겨울을 잘 넘기기 때문이다. 대신 낙엽수인 수수꽃다리, 조팝나무, 미선나무, 작살나무 등은 가지치기를 해 겨울을 잘 나도록 힘을 덜어 주었다. 대강 치우고 돌아보니 꽃밭이 멀끔해졌다. 밖에 있는 꽃밭은 대충 정리되어 월동준비가 끝난 셈이다.

그것만으로 끝나면 얼마나 좋으랴. 겨울꽃밭을 실내에 만드는 일이 아직 남아 있다. 밖에 죽 늘어놓은 선인장과 다육이 등의 화분들을 집안으로 들여와야 한다. 남쪽으로 창이 나 있는 마루에서 겨울을 보내도록 배려해야 해서다. 처음엔 그런 일들이 힘들다고 생각하지 않았다. 꽃을 좋아하다 보니 서리가 내리기 전에 들여오고 봄볕이 따스해지면 내다 놓는 일들이 신나기만 하였다. 이젠 나이 든 만큼 점점 힘들어진다.

한때는 야생화에 꽂혀 이른 봄부터 꽃을 찾아 쏘다녔다. 어느 해 잔설이 아직 남아 있는 봄날에 지인들과 함께 산에 올랐다. 눈 속에서 핀다는 '변산바람꽃'을 보기 위해서다. 경주 근교에도 있다는 정보를 입수하고는 엉덩이가 들썩여 좀이 쑤셔 길을 나섰다.

산속으로 들어가니 봄기운이 저 멀리서 눈치만 보고 성큼 다가오지 못한 그늘진 자리에 겨울이 아직 버티고 있다. 눈이 쌓여 있는 사이로 하늘하늘한 푸른 잎과 함께 하얀 꽃을 피운 가녀린 자태가 눈에 들어온다. 변산바람꽃이라는 걸 이내 알아보았다. 보는 순간 첫눈에 반해 쳐다만 보고 하나도 건드리지 않았다. 진정으로 사랑해서다.

해를 거듭하다 보니 꽃밭도 화분도 관리하기가 귀찮다는 생각이 들기 시작했다. 위로 옆으로 자꾸 자라나니 화분도 커질 뿐만 아니라 개수도 많아져 관리하기가 힘들어져서다. 게다가 집안에 들여놓은 화분은 일일이 손질을 해 주어야 하고 물을 줄 때 화분받침에 물이 넘치지 않도록 조심스레 해야 하는 등 번거로움이 따랐다. 나이가 드니 몸이 점점 느려져 뭐든 척척 해내지 못해 언제까지 겨울꽃밭이 계속될지 모르겠다.

싱싱하고 예쁘게 키우려면 그만큼 공을 들여야 하기에 점점 자신이 없어진다. 꽃은 정성을 들인 만큼 해마다 잘 자라나건만 가꾸는 나 자신은 나이 들수록 점점 기운이 줄어드니 어인 속셈인지 모르겠다.

작년까지는 그런대로 괜찮았으나 올해부터 부쩍 힘들어졌다. 화분 무게가 온 몸에 실려 허리가 뻐근해지기 시작해서다. 나이는 못 속인다더니 맞는 말이다. 서너 시간이면 마무리 될 줄 알았건만 그게 마음먹은 대로 되지 않았다. 아침부터 서둘렀으나 반나절이 지나도 절반밖에 정리가 안 돼 한숨이 절로 새나온다. 이젠 늙었구나 싶은 생각이 나니 더더욱 한심한 생각이 들었다. 시작이 반이라더니 저녁 무렵에야 겨우 마무리가 되었다.

가는 세월을 이길 장사는 없다고 한다. 꽃을 아무리 사랑한다 하더라도 건강이 따라주어야 한다는 걸 새삼 느낀다. 힘에 부치니까 내년엔 화분의 개수를 줄여야겠다고 마음먹는다. 크고 작은 것들이 70여 개가 넘으니 너무 힘들다.

모르긴 몰라도 내년이 되면 그런 마음은 다 사라지고 다시 다 들여놓을 것 같다. 사랑하는 자식들을 모두 껴안고 가야지 유기분遺棄

盆 신세를 만들면 안 될 것 같아서다. 아닌 게 아니라 남이 갖다버린 화분을 가져다 키운 것들이 많다. 비실비실하던 것을 데려와 보살피면서 정이 들어 애착이 가기 마련이다. 버려져서 데려온 것들이 점점 기운을 차려 싱싱하게 잘 자라면 그렇게 예쁠 수가 없다. 그런 놈을 어떻게 또 버린단 말인가.

창 하나를 사이에 두고 바깥은 황량한 겨울, 안쪽은 따스한 봄으로 갈리니 두 개의 계절을 함께 맛보는 셈이다. 화분을 안으로 이사시킨 덕분에 겨울에도 봄처럼 싱싱한 이파리를 볼 수 있고 꽃도 볼 수 있다. 이런 호사를 누리는 특권을 얻을 수 있으니 암만 힘이 들어도 겨울꽃밭을 포기하지 않고 계속 이어가고프다.

영국시인 셸리는 "겨울이 오면 봄이 어찌 멀었으리오"라고 봄을 기다리는 시를 읊었다. 유리창 안의 겨울 꽃밭에는 봄을 기다리지 않아도 봄이 와 있다. 셸리의 시가 무색할 정도이다. 남으로 향한 창을 통해 들어오는 햇볕 덕으로 미리 잎이 나고 꽃을 피워 겨울을 잊게 만든다.

며칠 새 잠포록한 날씨가 이어지더니 오랜만에 해가 선을 보인다. 창으로 들어오는 햇볕을 받고 꽃들이 함빡 웃는다. 그 순간을 얼마나 기다렸을까? 기다림 끝에 맛보는 달콤한 기분이리라. 겨울을 보낼 동안 같은 공간에서 서로 숨쉬며 함께할 자식 같은 놈들이라 살가운 마음으로 눈길을 보낸다. 이번 겨울에도 사이좋게 잘 지내자고 말을 건네니 모두 고개를 끄덕인다. 마루 안으로 햇살이 들어와 봄날처럼 따뜻하다. 나도 꽃처럼 햇살을 받고 꽃피울 수 있으면 좋겠다.

한겨울이 두렵지 않다. 푸른 봄을 선물해 줄 식물들이 함께해 주어 몸도 마음도 봄기운을 받아 건강해질 것만 같다.

가랑잎

바람이 불 적마다 은행잎이 우수수 떨어진다. 비가 온 뒤라 물 먹은 은행잎이 더욱 샛노랗다. 은행나무가 병정처럼 양쪽으로 줄지어 있는 가로수 아래는 노란 물감을 풀어 놓은 듯하다. 자동차 차창으로 내다보니 낙엽 깔린 나무 아래서 사진을 찍거나 거니는 사람들이 보인다. 생과 사가 극명한 대조를 이루는 장면이다.

가을이 되자 일거리가 하나 더 생겼다. 여기저기 떨어지는 가랑잎들 때문에 매일 도량을 쓰는 일이다. 쓸어 놓은 잎들은 한 쪽에 모아두었다가 날씨가 좋은 날에 태워 버린다. 옛날처럼 아궁이가 있으면 좋으련만 가랑잎이 편히 쉴 곳이 없는 현실이다. 구십이 넘은 은사스님은 "가을을 느낄 수 있게 다 쓸어버리지 말라"고 당부하건만, 젊은 스님들은 귓등으로 넘기고 싹싹 쓸어 없앤다.

바람이 약간 일렁이는 날에 가랑잎을 불사르면 구수한 냄새가 도량에 퍼진다. 그러나 바람기가 없는 날에는 매캐한 연기가 도량에 자욱하게 깔리고 불내가 온몸에 배어 든다. 스며든 연기는 숨기려고 해도 숨길 수가 없다. 알게 모르게 옷에도 몸에도 비집고 들어와 좀처럼 없어지지 않는다.

불교에서는 부처님의 가르침을 연기가 몸에 스며들 듯 익히는 것을 훈습薰習이라고 말한다. 마을에서 익힌 나쁜 습관은 설게 하고 절에 와서 익힐 좋은 습관은 훈습을 거듭해 온전히 자기 것으로 만들라는 가르침이다.

도량에 뒹구는 낙엽을 보니 〈가랑잎〉이라는 동요가 떠오른다.

> 가랑잎 떼굴떼굴 엄마무덤 찾아서
> 엄마 엄마 불러 봐도 대답이 없어
> 따뜻한 부엌 속을 찾아갑니다.

어릴 적엔 슬픈 내용이 담긴 줄도 모르고 폴짝폴짝 뛰면서 고무줄놀이를 하며 불렀던 노래다. 순수하고 철없던 그 시절이 그리워진다. 노랫말에 '인생무상'이 담겨 있다는 것을 안 것은 제법 큰 다음이었다. 노래 속의 가랑잎은 갈 곳을 찾아갔지만 나는 아직 어디로 갈지 몰라 서성대는 중이다.

절 담장 넘어 심어진 가로수는 은행나무다. 가을이 깊어지면 노란 잎들이 담 안으로 날아온다. 꽃들이 다 져버린 꽃밭에 떨어져 색다른 늦가을의 정취를 만들어 주어 창에서 내다보면 노란 꽃들이 깔려 있는 듯하다. 거기에 산수유나무에서 떨어진 붉은 단풍이 드문드문 떨어져 있으면 그야말로 한 폭의 수채화를 보는 듯해 마음이 절로 정화되는 기분이 든다.

작년에는 일하러 온 아저씨가 깨끗하게 해 주느라고 낙엽을 싹 치워 버렸다. 일부러 보기 좋으라고 놔둔 줄 모르고 지저분하다고 없앤 것이다. '자비가 짚 벙거지'라고 그냥 두면 되는 것을. 올해는 명심했는지 그대로 두어 바람이 불 적마다 노랑나비처럼 팔랑거리며 굴러다니는 은행잎을 볼 수 있었다 .

낙엽은 가을에만 떨어지는 게 아니었다. 태산목은 봄이 되면 잎이 갈색으로 변해 땅으로 내려온다. 잎이 크고 두터우며 갈색의 농도에 따라 여러 가지 색을 칠한 추상화를 보는 듯해 자연이 가장 아름다운 것이라는 걸 느끼게 한다. 겨울을 보낸 잎은 봄에 나올 새싹을 위해 앞서거니 뒤서거니 잎의 일생을 마감하고 기꺼이 자신의 몸을 던진다. 새잎이 나올 자리를 묵은 잎들이 미리 비켜 주는 의식인 셈이다. 사람들도 이처럼 서로 양보하는 삶을 살면 얼마나 좋을까 싶다.

여고 때, 학교 본관 양쪽에 고목이 된 태산목이 한 그루씩 있었다. 당시엔 봄에 떨어진 잎에 좋아하는 시를 써서 친구들에게 보내는 것이 유행이었다. 같은 또래 펜팔 친구에게 태산목 잎에 시를 써서 보냈더니 자기네 학교에서 난리가 났었다고 답장이 왔다. 너무 예쁘다면서 또 보내 달라는 부탁까지 받았다. 낙엽은 자신이 그렇게 대접을 받을 줄 감히 생각조차 해보지 않았을 게다.

《스프링 칸타타-작은 나뭇잎 프레디의 여행》이라는 동화는 프레디라는 나뭇잎의 일생을 통해 생이 무엇인가를 일깨워 주는 책이다. 일본에서는 《잎사귀 프레디》라는 제목으로 번역되어 베스트셀러의 반열에 오랫동안 올랐지만 우리나라에선 그다지 호응을 받지 못했던 것 같다.

《잎사귀 프레디》라는 동화를 알게 된 것은 일본의 어느 야간학교 졸업식에서다. 칠순이 넘어 글자를 익힌 재일교포 할머니가 꼭 오라고 청해 가게 되었다. 학교 수업을 끝내고 도착했을 땐, 1부 졸업식이 거의 끝나갈 무렵이어서 여든일곱 살 나신 할아버지가 졸업생 대표로 답사를 읽는 중이었다. "전쟁으로 배움을 놓쳐버렸지만 늦게나마 글을 배워 답사를 읽을 수 있게 되었다"고 하시며 한복 두루마기 고름으로 눈물을 닦으셨다.

2부는 학예발표회였다. 마지막 순서로 졸업생들이 다 나와 《잎사귀 프레디》라는 동화를 일본어로 돌아가면서 읽었다. 떨리는 목소리로 또박또박 읽는 모습이 성스러워 보였다. '친구 잎사귀'를 먼저 떠나보내고 슬퍼하는 프레디를 보고 지나가는 다람쥐가 "먼저 가고 늦게 가는 차이가 있을 뿐이야. 우리들도 언젠가는 다 떠나가게 되니까"라고 위로하는 말을 읽을 때였다. 모두 감정에 북받쳐 흐느껴 울었다. 머지않아 자신들도 떠나갈 것이라는 걸 알기에 더 슬퍼했을 성싶다.

바스락거리며 가랑잎이 마지막 몸부림을 친다. 굴러다닐 땐 풀을 세게 먹인 광목소리가 나지만 손으로 만지면 힘없이 부스러진다. 가다가 마지막 머무는 곳이 가랑잎의 무덤인 셈이다. 나뭇잎의 일생이 이렇게 허무하게 끝난다고 생각하니 왠지 서글퍼진다. 사람도 죽으면 한줌 재로 사라지거니….

가랑잎은 떨어져도 그 자리엔 봄에 다시 피어 날 어린잎들이 고이 잠들어 있다. 가만히 숨어 있다가 '봄이 왔다'고 카운트다운만 하면 나오려고 준비 중이다.

꽁당보리밥

이팝나무에 핀 꽃이 탐스럽다. 가지마다 소담스레 핀 꽃이 초록 이
파리와 어우러져 더 하얗게 보인다. '이팝'이라는 나무 이름처럼 꽃
모양이 흰 쌀밥을 소복하게 담아 놓은 듯하다.

요즘은 거의 매일 잡곡밥이 상에 오른다. 여러 가지 곡물이 섞여 껄
끄러워 정말 먹기 어렵다. 건강에 좋다는 이유로 씹어 넘기지만 나
이 들어 더욱 간사해진 입이라 맛이 있을 턱이 없다. 역시 하얀 쌀밥
이라야 입맛을 돋우어 준다.

후원에서 점심에 꽁보리밥에다가 빡빡 된장을 끓여 준다고 한다. 젊
은 스님들이 좋아라 하며 보리쌀을 푹 삶아 무르게 해 달라는 주문
을 넣었다. 보리밥에 열무김치를 넣어 고추장으로 비비면 여름에 딱
맞는 별미라며 먹기 전부터 입맛을 다신다. 그 말을 옆에서 듣던 은
사스님이 한마디 하셨다.

"야야, 암만 그래도 밥은 이밥이 제일이야. 보리밥이 뭐가 좋아. 입안에서 뱅뱅 돌아서 난 싫어."

은사스님은 옛날 분이라 뭐니 뭐니 해도 쌀밥이 최고인 게다. 이전엔 쌀과 보리의 함량에 따라 밥 색깔이 달랐다. 보리가 하나도 안 들어간 하얀 쌀밥부터 쌀이 하나도 안 들어간 시커먼 꽁보리밥까지 다양했다. 밥 색깔만 봐도 그 집안의 살림살이가 어느 정도인지 가늠할 정도였으니까. 예전에는 이밥 한번 먹는 게 소원일 정도로 하얀 쌀밥은 귀한 대접을 받았고 부자의 상징이었다. 언제부턴가 웰빙 푸드가 건강식으로 유행하며 가난한 이들만 먹던 꽁보리밥이 맛으로 또는 건강식으로 인정받는 시대가 되었다.

《꽁당보리밥 묵고 방귀 뿡뿡 뀌고》라는 동화에 나오는 이야기처럼 방귀 몇 번 뀌고 나면 허기가 져 배가 고파지는 보리밥은 옛이야기가 된 지 오래다. 이젠 보리밥이 대우받는 시대여서 절집이라고 예외는 아닌 듯하다.

한국전쟁이 일어났을 때 나는 여섯 살이었다. 서울에서 미처 피란 가지 못해 보리죽으로 연명한 적이 있다. 전쟁이 언제 끝날지 몰라 양식을 갈무리해 두고도 아껴 먹어야만 했다. 멀건 보리죽이 먹기 싫어 밥투정을 하면 엄마는 몰래 눈물을 훔쳤다. 먹을 것이 있어도 줄 수 없으니 얼마나 속이 쓰렸을까. 날이 밝으면 밤새 불려 놓은 보리알을 맷돌에 갈아 죽을 쑤어 먹던 때가 엊그제 같다.

부산으로 피란 와서도 형편은 나아지지 않았다. 저녁이면 집집마다 보리쌀을 한 바가지 퍼 와 동네우물가의 시멘트 바닥에 박박 문지르거나 옹기로 만든 자배기에 대고 북북 치대었다. 당시에는 도정搗精이 잘 안 돼 있어 보리알맹이의 뽀얀 속살이 드러날 때까지 힘들여 씻었다. 그래야만 보리밥이 좀 부드러워져 먹기가 훨씬 수월했다. 뿐만 아니다. 보리쌀은 한 번 삶아낸 뒤 다시 밥을 지어야 했다. 그런 수고로움을 거쳐야 꽁보리밥이라도 입안에서 우들거리지 않아서다.

보리쌀 삶은 소쿠리는 바깥 선반에 올려놓거나 끈을 달아 매달아 두었다. 냉장고가 없던 시절이어서 쉬지 않게 하기 위해서다. 그걸 노리는 놈이 생쥐다. "보리쌀 소쿠리에 생쥐 드나들 듯한다"는 말처럼 부지런히 들락거렸다. 여러 가지 궁리 끝에 바람이 잘 통하는 망사로 만든 틀 안에 소쿠리를 넣어 빨랫줄에 달아두었다. 생쥐가 들어올 수 없도록 만든 최신 발명품이었다. 생쥐한테는 미안한 노릇이었지만….

보리는 추운 겨울을 이겨낸 장한 곡식이다. 사람들이 보릿고개를 넘겨야 한숨을 돌리듯이 보리씨앗도 얼어붙은 겨울을 이겨내야 열매가 영그는 봄을 맞이한다. 한흑구는 〈보리〉라는 수필에서 "너, 보리는 이제 모든 고초苦楚와 비명悲鳴을 다 마친 듯이 고요히 고개를 숙이고 성자인 양 기도를 드린다"고 보리의 덕성을 예찬했다. 한흑구의 글에서 보리가 보내는 메시지를 들으니 숙연하게 옷깃을 여미지 않을 수 없다. 그처럼 어려운 시련을 거쳐 우리의 양식이 된 보리이다. 그런데도 고마워하기는커녕 피란시절에 보리죽을 준다고 투정부린 걸 생각하면 얼굴이 붉어진다.

예전엔 '보릿고개'라는 게 있었다. 당시엔 꽁보리밥조차 배부르게 먹기 힘들었고 그나마 굶지 않으면 다행이었다. 보릿고개를 넘기 위해 각 가정에서는 절미운동을 하였다. 항아리를 부뚜막에 두고 끼니때마다 쌀을 한줌씩 넣어두었다가 가난한 사람들을 도왔다. 쌀이 귀한 때여서 혼분식을 권장하고 학교에서는 매일 도시락 검사를 했다. 보리가 반 이상 섞였는지를 보기 위해서다. 보리밥과 분식을 장려하기 위해 만든 '혼분식混粉食의 노래'까지 만들어 장려하였다.

> 복남이네 집에서 아침을 먹네.
> 옹기종기 모여앉아 꽁당보리밥.
> 꿀보다도 더 맛좋은 꽁당보리밥.
> 보리밥 먹는 사람 신체 건강해.

보리밥 많이 먹으라고 오죽하면 동요로까지 만들었을까. 요즈막에 젊은 사람들은 이런 정황을 도저히 이해할 수 없을 성싶다. 밥이 없으면 라면을 먹으면 되지 않느냐고 반문하는 세대이기에.

이전의 어른들은 해마다 보릿고개를 넘었다. 물매가 가팔라도 묵묵히 넘고 또 넘었다. 희망이라는 끈을 놓치지 않으려고 안간힘을 쓰며 살아왔다. 요즘 세대는 고생을 모르고 살아 뭐든 오래 지속하지 못하고 이내 좌절해 버린다. 얼마 못 가 멈춰 버린다. 고개 뒤에 다른 고개가 있다는 걸 알지 못하고 자라서인 듯하다. "젊어서 고생은 사서라도 한다"고 하는 말이 지금 사람들에겐 통하지 않는 것 같다.

'동무 동무 씨동무 보리가 나도록 씨동무'라는 노랫말처럼 꽁꽁 얼어붙은 겨울을 이기고 살아난 보리씨알이다. 보리알갱이 하나하나가 씨동무만큼 소중하기에 감사의 기도를 드리지 않을 수 없다. 그러기에 사찰에서는 공양을 들 때마다 오관게五觀偈*라는 게송을 외운 뒤 숟가락을 든다.

꽁보리밥에 열무김치를 올리고 빡빡 된장을 몇 숟가락 떠 넣어 손으로 상추를 뚝뚝 잘라 밥 위에 올린다. 빨간 고추장까지 곁들이고 마지막으로 참기름을 몇 방울 떨어뜨려 싹싹 비빈다. 점심밥이 꿀맛이다. 음식에 대한 고마움을 온 몸으로 느끼며 한 숟가락 떠서 입속으로 가져간다.

세상사는 돌고 돌아 되풀이된다. 보리밥이 건강식이 될 줄 몰랐듯이 언제 다시 보릿고개가 올지 아무도 모른다. 지난 일을 거울삼아 미리 준비할 수 있는 여유를 가져야 될 성싶다. 유비무환有備無患이라는 말을 마음에 새긴다.

---

* 오관게 : 공양할 때 음식에 대한 감사하는 마음을 담아 외우는 다섯 구의 게송.

추억을 팔고 사는 사람들

영화의 고장인 부산에서 자란 덕에 일 년에 족히 200여 편은 보았을 게다. 지금처럼 텔레비전이나 컴퓨터게임 등이 없던 시절이어서 여학교 땐 영화가 유일한 오락이었다.

잔잔한 음악이 흐르는 산길을 한 젊은이가 올라간다. 가다가 인형을 안고 있는 소녀를 만나 "망각의 성이 어디냐?"고 묻자 고개를 젓는다. 다음에는 길에서 지팡이를 짚은 노인에게 길을 물었으나 또 "모른다"고 말한다. 길도 모르는 채 마냥 올라가니 이번엔 젊은이가 나타나 성까지 데려다주겠다며 앞장선다. 실은 자기도 다른 곳에서 와 잘 모른다면서 앞서서 걸어간다.

제랄 필립이 주인공으로 나오는 〈애인 줄리엣〉이라는 프랑스 흑백영화의 첫 장면이다. 여고시절 본 영화 중에 다섯 손가락 안에 든 수작이다. 친구하고 같이 보러 갔지만 느낀 점이 각각 달라 혼자 가슴에 묻어두고 한 번씩 꺼내 본다. 세월이 지나도 명화는 기억에서 지워지지 않아 오래도록 머릿속에 남아 있다.

40여 년 전인가 보다. 우연히 본 어느 책에 명사들이 뽑은 '최고의 명화'에 〈애인 줄리엣〉이 들어 있었다. 소설가 박경리 선생이 쓴 글이었다. 내가 느꼈던 감성을 그대로 쓴 것 같아 가슴에 와 닿아 읽고 또 읽었다.

영화 속의 '망각의 성'은 기억을 깡그리 잃어버린 사람들이 사는 곳이다. 주인공이 성안으로 들어서니 작은 수레에 물건을 가득 싣고 가던 장사치가 그를 불러 세우고 "추억을 팝니다. 추억 사세요"라고 외친다. 고개를 흔들자 다른 곳으로 밀고 간다. 수레 주위에는 사람들이 몰려와 서로 추억을 사려고 아우성을 친다. 스카프 하나를 집어든 어떤 여인이 "이건 스페인에서 내가 머리에 감았던 거지요"라며 추억을 사 간다. 모인 사람들이 제각각 추억을 만들어 가져간다. 박경리 선생은 "추억을 팔고 사는 장면이 가슴이 시리도록 슬펐다"고 영화 감상평을 썼다.

추억이 없다면 살아가는 재미가 있을까. 좋든 나쁘든 지나간 것은 그립기 마련이어서다. 이따금 기억상실증에 걸렸다거나 잠시 기억을 잃어버린 사람들의 가슴 아픈 이야기를 영화나 소설을 통해서 본다. 그러나 주변에선 한 번도 본 적이 없다. 가끔 치매에 걸린 사람들을 보면 현재 일어난 일은 이내 잊어버려도 과거의 기억은 남아 있어 기억해 낸다. 그나마 얼마나 다행인가 싶다. 아무튼 기억을 상실해 간다는 것은 이러나저러나 가슴 아픈 일인 듯하다.

잊을 수 없어 슬픈 사연도 있다. '망각이란 잊어버리는 것, 잊을 수 없는 망각의 슬픔이여'라는 글이 《그대 이름은》이라는 일본 소설의 첫 장에 실려 있었다. 두 갈래머리 여고시절이라 왠지 멋있어 보여 옮겨 적은 적이 있다. 그 책을 읽으면서 소설 속의 주인공이 되어 괴로워하며 울었다. 잊고 싶지만 잊을 수 없는 고통이 무엇인지 잘 모르면서 슬퍼했다. 기억이 없는 망각의 세계에 사는 이들과, 잊고 싶지만 잊을 수 없는 슬픔을 안고 사는 이들 중에 누가 더 불행한지는 비교할 수 없을 것 같다. 둘 다 괴롭기는 마찬가지여서 도토리 키 재기가 아닌가 싶다.

때론 지워버리고 싶은 기억들이 있다. 그런 일들은 잊고자 해도 좀처럼 없어지지 않는 데 반해 머릿속에 담아두고자 해도 이내 잊어버려 곤란할 때가 더러 있다. 학창시절에는 시험기간 동안만이라도 외운 것들이 모두 머릿속에 남아 있었으면 하고 바랐지만 뜻대로 되지 않았다.

불교에서는 깨달으면 불망념지不忘念智라는 지혜가 생긴다고 한다. 근세의 인물로 혜월慧月(1861~1937) 선사라는 분은 한 번 들으면 절대로 잊어버리지 않는 지혜를 얻은 선지식이셨다. 천진도인으로 알려진 혜월 선사는 일자무식이었지만 수백 명 신도의 이름과 생년을 들은 순서대로 기억해 법당에서 축원을 올렸다는 이야기로 유명하다. 불망넘지는 신명을 다해 정진한 끝에 얻어지는 지혜이다. 아무나 얻을 수 있는 게 아니기 때문에 혜월 선사가 오늘날까지 존경을 받는 것 같다.

영화 〈애인 줄리엣〉의 주인공은 꿈속에서 자유롭게 노닐다가 깨어난다. 눈을 떠보니 망각의 성도, 꿈속에서 만난 연인도 온데간데없어졌다. 같은 감방의 친구가 꿈속에서는 연인을 만날 수 있으니 잠을 자라고 권해 소원은 이루었으나 깨고 나니 너무 허망했다. 현실에서는 싸늘한 감옥에 갇힌 몸이기에…. 주인공은 꿈과 현실 사이에서 무척 괴로워하다가 석방되어 나온다. 감옥 밖의 현실로 돌아오자 그는 화약고로 들어가는 문을, 망각의 성으로 올라가는 길로 착각해 그리로 들어간다.

꿈이란 묘한 것인가 보다. 장자가 꿈에 나비가 되었다가 깨어나니 나비가 아니었다. 꿈속의 나비가 장자인지 깨어난 본인이 장자인지 헷갈렸다는 고사가 있다. 가끔 꿈인지 생시인지 모를 때가 있기는 하다. 그러기에 '꿈속 같은 세상'이라고 말을 한다. 한평생이 일장춘몽에 지나지 않아서일 게다. 꿈속의 일은 실제가 아니어서 기억에서 이내 사라지지만 현실에서의 일은 쉽사리 잊히지 않는 게 다르다. 그러기에 꿈은 추억이 될 수 없어 더 슬픈지 모르겠다.

영화에 나오는 망각의 세계에서는 추억을 팔고 사는 일이 가능하다.

현실이 아닌 줄 알면서도 슬픔이 묻어나는 장면이어서 보는 이들의 심금을 울린다. 가상의 세계이지만 이제껏 가슴속에 남아 있는 건 영화가 주는 울림이 컸기 때문일 게다.

요즘 들어 건망증이 부쩍 심하다. 깜빡이등이 하루에도 수십 번씩 작동을 한다. 그러나 걱정하지 않는다. 아직 떠올릴 추억이 있어 사러 가지 않아도 되니 얼마나 다행인가.

어부바

엄마 등에서 곤히 잠자는 아기의 얼굴이 평화로워 보인다. 요즈막에 보기 드문 정겨운 풍경이다. 그런 모습들이 우리 주변에서 하나둘 사라져가는 게 너무나 아쉽다. 등허리에 온몸을 실은 아기는 편안해서인지 쌔근쌔근 잘도 잔다.

요즘은 아기를 앞으로 업고 다닌다. 뒤로 업고 다니면 다리가 휜다는 핑계도 대지만 그보다도 볼썽사납다 해서 꺼리는 게 더 큰 몫을 차지할 성싶다. 아기를 등에 업으면 오히려 고관절을 튼튼하게 하고 지각과 뇌의 발달도 촉진하게 된다는 걸 몰라서 그러는 걸까. 알면서도 젊은 엄마들은 아예 업어 키우려고 하지 않는 것 같다. 그런 현실이 참으로 한심스럽다.

'어부바'라는 말은 아기가 말을 배울 무렵 할머니나 엄마에게 업어 달라고 보채는 말이다. 이 말을 들으면 엄마에게 응석을 부리며 등에 업히려는 어린애의 귀여운 모습이 연상된다. 그러기에 아기를 업은 엄마나 할머니의 모습을 보면 저절로 미소가 떠오른다. 아기를 뒤로 업고 엄마가 포대기 끈으로 돌려 매면 한 몸이 된다. 그런 자태는 보는 것만으로도 마음이 흔흔해진다. 어쩌면 널찍한 등짝이 미더움을 주고 있어 더욱더 그런 맘이 드는지도 모르겠다.

예전에 초등학교 다닐 땐 가위 바위 보로 친구들끼리 내기를 해 서로 업어주는 어부바놀이를 하곤 했다. 엄마나 할머니가 아니더라도 누군가의 등에 업히면 서로 체온을 전해 주게 된다. 서로를 밀착시켜 따스한 온기를 느끼는 놀이를 통해 우정이 두터워지고 청소년기 성장에도 좋은 영향을 미친 게 아니었나 싶다. '어부바'라는 정겨운 말과 모습이 언제까지나 이어졌으면 좋겠다.

맏딸로 자란 나는 바로 밑에 동생을 제외한 아래동생 셋에게 엄마 대신 내 작은 등을 많이 빌려 주었다. 처음엔 동생을 업고 친구들이 노는 모양만 물끄러미 바라만 보았다. 익숙해지자 등에 업은 채로 놀았다. 어쩌다 엄마에게 들키면 "뛰어 놀다가 애기 혀가 깨물리면 어떻게 하려고 그러느냐"고 꾸중을 듣곤 하였다. 다행히도 어린 동생도 나도 한 번도 다치지 않았다. 상호협조가 잘 되어 그랬는지 모르겠지만….

최근 미국 뉴욕의 엄마들 사이에서는 '아기포대기 열풍'이 거세지고 있다는 소식을 들었다. 정작 포대기의 발상지인 우리나라에선 촌스럽다고 외면 받는 물건이 서양에서는 대접을 받는다. 엄마와 아기를 최대한 밀착시켜 주는 물건이라는 걸 알아보아서다. 일명 '애착운동'이라 불리면서 점점 확산되는 중이라고 한다.

전통음식을 멀리하면서 우려한 대로 성인병에 시달리는 사람이 많아졌다. 그런데도 간단하다는 핑계로 서양식을 하는 집이 늘어만 간다. 하지만 서양에서는 요즘 육식보다 김치와 두부를 즐기며 건강을 지키는 사람들이 늘어나고 있다고 한다. 전통육아도 마찬가지다. 우리는 케케묵은 방식이라고 무시하지만 서양에선 한국의 전통육아방식을 따르는 추세이다. 이를 거울삼아 조상의 지혜가 깃든 옛 방식대로 아기를 키우면 좋으련만…. 이참에 아름다운 우리의 전통을 이어가면 얼마나 좋을까 싶다.

이제부터라도 다시 옛날로 돌아가 엄마들이 아기를 품에 보듬거나 등에 업어 키워야 할 것 같다. 널찍한 등에는 무엇보다 믿을 신信자와 비슷한 등척추가 아기를 받쳐 주고 있어 안심할 수 있지 않은가. 신信은 사람(人)과 말씀(言)이 합쳐진 글자이다. '어부바'는 아기가 엄마에게 믿음을 표시하는 말이다. 따스한 정이 서로 오가는 동작이기도 하다. 이보다 더 신뢰를 주고받는 말이 어디 있으랴.

화가 박수근(1914~1965)이 그린 〈아기 업은 누나〉 〈아기 업은 아낙네〉는 우리네 소박한 정서가 담겨 있고 어부바의 사랑과 신뢰를 잘 보여주는 대표적 작품이 아닌가 싶다.

언제부턴가 전통육아는 나쁘다고 치부해 버리고 서양육아의 본을 따르기 시작했다. 서양식을 따른 결과 육아의 어려움을 겪는 악순환이 지금까지 줄곧 계속되고 있으나 좀처럼 고쳐지지 않는 것 같다. 그런 영향으로 아기를 업는 끈 달린 포대기가 슬그머니 사라지고 유모차가 등장하였다. 엄마와 아기 사이를 떼어놓는 볼썽사나운 도구라고밖에 볼 수 없건만….

그런 물건이 고가일수록 인기가 있다니 도저히 이해가 가지 않는다. 게다가 아기와의 숨결을 교류할 수 없게 만든 그 놈을 비싼 돈을 주면서까지 사려고 하는지 모르겠다. 최근 들어 육아방식이 점점 서양식으로 바뀌어 걱정스럽다. 품에 안거나 등에 업는 대신 유모차에 태워 따로 놀게 하니 자기만 아는 인간으로 성장할 수밖에 없기 때문이다. 참으로 안타까운 일이 아닐 수 없다.

임무를 끝낸 유모차는 생각지도 않게 노인들에게 필요한 존재로 둔갑했다. 본의 아니게 제 2의 생을 살게 된 셈이다. 어쩌면 그게 본업이 아닌가라는 생각이 들 정도로 노인들로부터 환영받는다. 어린아이가 쓰는 건 1, 2년에 끝나지만 노인들에게 오면 길게는 10년 이상을 함께할 수 있다. 가히 반려동물에 비견할 만하다.

버림받을 줄 알았던 유모차는 어인 일인가 싶어 기뻐했을 듯하다. 뜻하지 않게 할머니나 할아버지들의 지팡이가 되어 주고 장바구니가 되어 주는 고마운 물건이 될 줄은 꿈에도 생각지 못한 일이었을 게다. 할아버지들도 간혹 밀고 다니긴 하지만 주로 할머니들의 전유물이 되어 사랑받는다. 버려진 유모차를 재활용해서 좋긴 하지만 한편으로는 이만저만 모순이 아니라는 생각이 든다. 유모차가 아니라 노인반려차로 전환해야 되는 게 아닌가 싶다.

배신背信은 믿음을 저버린 걸 말한다. 그러기에 등을 돌린 사람은 배신자라고 부른다. 세상의 부모들은 죽을 때까지 자식을 위해선 등을 돌리지 않는다. 비록 몸이 쇠락하여도 '어부바'라는 말만 들으면 언제든지 등을 내줄 수 있는 사람이 부모이다. 할머니와 엄마들은 그런 마음으로 자식들을 키웠다.

요즘 엄마들은 자식보다 자기 자신을 먼저 생각하는 듯하다. "소젖을 먹고 자란 세대여서 사람과의 정을 잘 느낄 수 없다"고 하더니 맞는 말인 성싶다. 일본의 어느 큰스님이 "요즈막에는 부모들이 아기가 태어나면 자기가 돌보지 않는다. 우윳병으로 시작해 유아원·유치원을 거쳐 더 크면 학교와 학원에 맡겨 두고 안심한다"고 말했다. 그것은 마치 냉장고에 음식을 넣어 두고 오랫동안 돌보지 않고 방치해 두는 것과 다름없다. 그 안에서 썩어가는 줄 모르고 안심하다가 음식을 버리게 되는 것과 같이 아이들도 부모의 정을 주고받지 못해 병들어 가는 게 아닐까?

엄마가 아기에게 "어부바"라고 등짝을 내주고 아기가 엄마에게 업히고 싶어 "어부바"라고 말하며 찰싹 업히는 것. 세상에 이보다 더 정답고 믿음직한 말과 행동은 없을 듯하다. 어부바는 서로에게 믿음을 주는 가장 아름다운 몸짓이라는 생각이 든다. '백 허그'라는 애정표현이 있다. 등 뒤에서 상대방을 살포시 안아주는 행동으로 사랑을 표현하는 최고의 동작이라고 한다. 그러나 엄마가 아기를 등에 업어주는 지고지순한 '어부바사랑'에는 비할 수 없으리라.

포대기로 감싼 엄마 등에서 편안히 잠자는 아기가 부럽다. 나에게도 저런 때가 있었을 터인데 한동안 까맣게 잊고 살았다. 이젠 등에 기댈 나이가 아니다. 예전에 엄마가 자식들에게 등을 내주었던 것처럼 이젠 누군가를 위해 등을 내주어야겠다.

낭화

아침부터 술렁인다. 별식을 한다는 말이 들려 들떠 있는 분위기다. 뭘 해 주려는지 운만 띄워 놓고 가르쳐 주지 않으니 궁금해진다. 선원에서 벽만 바라보고 가부좌를 틀고 앉아 있노라면 기다려지는 게 삼시세끼니 그럴 만도 하다.

절집에서 밥 이외에 가장 좋아하는 음식을 고르라고 한다면 국수를 단연 으뜸으로 꼽는다. 스님들은 국수 이야기만 들어도 매끌매끌한 하얀 면발을 떠올리며 벙실거린다고 승소僧笑라는 별명이 붙어 있을 정도이다. 어른스님들은 국수만 했다 하면 예전에는 서너 그릇은 기본이었다고 한다. 먹을 게 귀한 때여서 그랬는지도 모르지만 면을 그만큼 좋아했기 때문일 게다.

정제소淨濟所에 슬쩍 가보았다. 밀가루 반죽을 치대는 걸 보니 칼국수를 해 주려는 것 같다. 칼국수를 만들려면 하나부터 열까지 정성을 들여야 한다. 인스턴트가 판치는 세상에 손이 많이 가는 음식을 해 준다니 감지덕지할 수밖에….

점심공양 때 나온 것을 보니 칼국수가 아니다. 커다란 양푼에 담긴 것은 영락없이 팥죽이다. 동글동글한 옹심이 대신 칼로 썬 기다란 국수가 들어 있는 게 다를 뿐이다. 전라도식 낭화다. 오랜만에 맛보는 거라 그릇에 가득 덜었다. 처음 보는 스님들은 손이 얼른 안 가는지 주춤거리고 서 있다. 내가 낭화를 처음 대했을 때의 표정과 똑같은 걸 보니 픽하고 웃음이 새어 나온다. 아마 모르긴 해도 한 번 맛보면 계속 먹고 싶어질 게다. 안 먹어 본 음식을 처음 보면 누구라도 낯설게 여기기 마련이니까.

벌써 40여 년이 넘었나 보다. 해제 때 도반들과 함께 지리산을 종주하였다. 등정을 끝내고 노고단으로 내려와 화엄사 지장암에 며칠간 머무를 때다. 암자의 주지스님이 산을 타느라고 힘들었을 거라며 낭화를 해 주겠다고 했다. 별식을 해 준다니 귀가 번쩍 뜨였다. 물론 경상도식 칼국수인 줄로만 알았다.

잔뜩 입맛을 다시며 상 앞에서 기다렸다. 막상 들여온 낭화는 팥물에 끓인 칼국수였다. 이게 낭화라고, 경상도에선 먹어 본 일이 없는 거라 놀랄 수밖에 없었다. 생전 처음 보는 음식을 앞에 두고 망설이다가 한 입 먹어 보았다. 구수한 팥물과 어우러져 맛이 기가 막혔다. 그 뒤로 전라도식 낭화는 좋아하는 기호식품의 하나가 되었다.

경상도에선 장국에 칼국수를 넣고 끓인 것을 낭화라 하고 전라도에선 팥물에 칼국수를 넣고 끓인 것을 낭화라고 부른다. 지방에 따라 이름은 같아도 만드는 방법이 다르다. 물결 랑浪, 꽃 화花가 합쳐진 낭화라는 멋스런 이름은 누가 지었을까. 어느 양갓집의 아리따운 규수의 이름처럼 어여쁘다.

하얀 면발이 장국 속에서 물결처럼 일렁이는 게 흰 꽃같이 보여 낭화라 했을까. 아니면 붉은 팥물 속에 든 뽀얀 면발이 꽃을 닮아 낭화라고 했는지 알 수 없지만…. 옛 선조들의 음식미학이 얼마나 뛰어났는지 절로 가늠이 된다. 보기 좋은 음식이 맛도 좋다고 하듯 낭화는 맛도 좋지만 색의 조화도 나무랄 데가 없어 식욕을 불러일으키는 성싶다.

스님들은 공양을 들기 전에 오관게五觀偈를 염송한다. 첫 번째 "이 음식이 오기까지 공이 얼마나 든 것인가"를 시작으로, 마지막은 "도를 이루고자 이 공양을 받습니다"라고 외운 뒤 음식을 든다. 그 중 두 번째 게송인 "자기의 덕행이 공양을 받을 만한가"를 외울 때는 늘 부끄러움을 느끼고 자신을 돌아보게 된다. 하루 삼시세끼만 오관게를 관하더라도 일일삼성一日三省이 되는 것을.

붉은 팥물이 일렁거리는 물결 속에서 하얀 꽃같이 떠다니는 국수를 건져 입으로 가져간다. 구수한 팥 냄새가 입맛을 돋우어 준다. 빨간 팥과 하얀 면발의 조화는 퍽 먹음직스럽게 보인다. "음식 앞에 장사

없다"더니 맛에 취해 허겁지겁 먹었다. 식탐이 얼마나 무서운지 선원에서는 "밥 먹을 땐 화두話頭가 상다리 밑으로 들어간다"는 말이 있을 정도다. 맛있는 음식을 먹을 때라도 화두를 놓치지 말라는 경책을 익살스럽게 풍자한 말이다.

밥만 뚝 따먹고 도를 이루지 못하면 시은施恩(시주에게서 받은 은혜)을 다 갚지 못해 빚을 걸머져야 한다는 걸 모르는 건 아니다. 뻔히 알면서도 수행을 열심히 하지 않는 나 자신이 한심스럽다. "한 방울의 물에도 천지의 은혜가 스며 있다"고 부처님께서 말씀하셨거늘, 언제 그 은공을 다 갚을는지 모르겠다.

"낭화를 먹었으니 꽃다워 지려나"라고 중얼거리다가 아직 정신을 못 차리고 헛소리를 지껄인다 싶어 속으로 흠칫 놀란다. 쓸데없는 잡념을 없애려고 고개를 세게 흔들어 본다. 때마침 입선을 알리는 목탁소리가 울려 선원으로 발걸음을 옮긴다.

오백 년 만에 되찾은 미소

입구부터 캄캄하다. 더듬거리며 조심조심 걸어 들어간다. 갑자기 벽돌이 쫙 깔린 어둑어둑한 전시장이 눈앞에 펼쳐진다. 붉은 벽돌바닥에 독립된 좌대를 세워 나한羅漢* 스물아홉 분을 각각 배치해 두었다. 어두운 공간이지만 아라한이 앉은 곳마다 은은한 조명을 비추고 있어 그 자리만 좀 환하다.

'일상 속 성찰의 나한'이라는 주제 아래 열린 〈영월 창령사 터 오백 나한〉 1부 전시 공간 '자연 속의 나한' 풍경이다.

어느 곳부터 눈을 두어야 할지 몰라 잠시 헤맨다. 머리까지 가사를 폭 두른 나한이 손을 내밀어 오라는 듯 손짓한다. 꼭 마음씨 좋은

---

*나한羅漢 : 범어 arahat의 음역音譯. 아라한의 준말. 한자로는 응공應供으로 모든 중생으로부터 공양 받을 만한 덕을 갖춘 사람이라는 뜻으로 즉 부처를 이룬 사람을 말한다.

옆집 아저씨 같은 얼굴이다. 스스럼없이 다가가니 옆에 앉아 이야기를 나누자고 기분 좋은 웃음을 띤다. 어디에서 저런 순박한 표정이 나오는 걸까. 분명 깨달음에서 나오는 미소일 게다.

하나같이 다 웃는 모습이다. 해탈의 경지에서 나온 엷은 미소가 나한마다 다르다. 거친 화강석으로 다듬은 소박한 얼굴에 띤 웃음은 대리석으로 매끈하게 다듬은 비너스 조각상보다 더 아름다워 보인다. 5백 년 만에 '되찾은 미소'이기에 더 큰 의미로 다가온 게 아닌가 싶다.

나한은 수행을 통해 깨달아 불보살에 버금가는 성자이며 실제로 이 땅에 존재했던 불제자였다. 그래서 나한상에는 위대한 성인의 모습과 함께 다양한 개성을 지닌 인간적인 면모가 표현된다. 이곳에 전시된 나한의 얼굴은 천진무구한 아기의 얼굴도 있고, 이웃집 아저씨나 할머니, 친한 친구와 같은 표정을 하고 있다. 우리 주변에서 늘 대하는 얼굴과 닮아 더 가깝게 여겨지는지 모르겠다.

무심코 전시장 바닥을 내려다보니 한글과 영어로 벽돌에 새긴 글씨가 군데군데 보인다. 희망, 하늘, 슬픔, 두려움, I love you, dream, blue 등 눈에 익은 글들이다. 단어 하나하나가 가슴 속에 저장된다. 위만 보지 말고 아래도 주시해 보라는 의도에서 연출된 것 같다.

설치작가 김승영은 이번 전시에서 "당신은 당신으로부터 자유롭습니까?"라는 물음을 던졌다. 그는 "과거와 현재를 잇는 이 공간이 고요히 나 자신에 집중하며 잠시나마 내 안의 소리에 귀 기울일 수 있는 사색의 공간이 되기를 바랍니다"라고 소망을 피력했다. 그가 바란 대로 관람하는 동안 자신을 되돌아보는 시간을 가지게 되었다.

창령사 터의 나한은 고려 때 조성되었다고 한다. 그러나 아쉽게도 사찰이 폐허가 되면서 오백나한도 함께 흙속에 파묻혀 버렸다. 5백여 년이라는 긴긴 세월 동안 땅속에서 기다리고 기다렸을 게다. 땅위로 올라와 볕을 보게 될 날을. 전시 공간에 앉아 중생을 대면하게 된 나한의 소회는 남다를 것 같다. 어떤 기분인지 물어보고프다.

시선詩仙이라 일컬어지는 이백의 《산중문답山中問答》에 이렇게 읊은 구절이 있다.

> 묻노니, 그대는 어찌하여 푸른 산에 사는가.
> 웃으며 대답하지 않아도 마음은 한가롭네.
> 問余何事棲碧山
> 笑而不答心自閑

아마 나한도 이백과 같은 심경으로 대답 대신 미소로 사람들에게 화답하지 않았을까 싶다.

강원문화재연구소가 '영월 창령사 터 나한상' 발굴조사를 벌여 3백여 점을 찾아내었다. 그중 온전한 상은 64점뿐이었다. 나머지는 누군가에 의해 고의로 훼손되었을 가능성이 큰 것 같다는 일부 학계의 소견이다. 미처 어디로 피신하지도 못하고 그대로 매몰되어 버렸으니 안타깝기 그지없다. 그간 어떤 수난을 겪었는지는 짐작만 할 뿐이다. 시절인연이 도래한 덕으로 나한과의 만남이 성사돼 어린아이 같은 해맑은 미소를 마주하게 되니 더 이상 기쁜 일이 없다.

오백나한을 모신 절로는 운문사 오백나한전, 기림사 응진전, 거조암 영산전 등이 유명하다. 그 중에서 거조암 영산전 오백나한의 얼굴은 희로애락喜怒哀樂을 표현한 점이 영월 창령사 터의 나한과 다르다. 경주국립박물관장을 오래 지낸 강우방 교수는 오백스물여섯 분의 나한상을 보고 "인간 희로애락의 대 합창"이라고 경탄을 금치 못했다.

창령사 터 오백나한의 특징은 독특한 미소를 띤 얼굴 표정이 압권인 것 같다. 뿐만 아니라 가사 장삼을 입거나 머리에 두건을 쓰거나 혹은 가사를 머리까지 뒤집어쓴 나한의 모습이 많다는 점도 들 수 있다. 웃는 얼굴은 해탈한 자에게서 볼 수 있는 미소를 표현한 것 같고, 가사나 장삼을 입고 앉아 있는 자세는 욕심을 다 버리고 고요히 선정에 들어 치열하게 구도의 길을 가는 수행자의 모습을 구현한 듯하다.

천천히 걸음을 옮겨 2부 전시 공간인 '도시 속의 나한'을 관람하러 들어섰다. 여전히 어두컴컴하다. 7백여 개의 스피커를 탑처럼 쌓아 올려 그 사이사이에 나한 서른두 분을 앉히고 도시 빌딩숲에서 성찰하는 나한을 연출했다. 도심 한복판의 스피커 속에서 개연히 앉아 구도하고 있는 나한의 성스러운 모습을 형상화한 작품에 저절로 두 손이 모아졌다.

스피커 탑에서 울려 나오는 맑은 종소리는 고요히 자기 자신에게 집중하고 내 안의 소리에 귀 기울이게 만들었다. 마치 은은한 산사의 새벽 종소리처럼 가슴에 전해져 '치유와 사색'이라는 선물을 내게 안겨 주었다. 시끄럽고 복잡한 도시의 일상에 지친 현대인들에게 '자아성찰과 치유'라는 메시지를 전하고자 한 의도가 제대로 전달된 설치작품이 아니었나 싶다.

중앙국립박물관과 설치작가 김승영이 서로 머리를 맞대고 과거의 문화유산을 현대적으로 새롭게 해석한 노력의 결실이 빛을 본 것 같다. 1부와 2부는 주제가 대조적이면서도 '자아성찰'이라는 일관된 전언이 전달돼 가히 성공적인 전시가 된 것이다.

영월 창령사 터 오백나한은 서울이 두 번째 나들이다. 첫 번째는 지난해 여름 춘천에서 〈당신의 마음을 닮은 얼굴-영월 창령사 터 오백나한〉이라는 전시였다. 앞으로 나한들의 미소를 어디에서 또 보게 될지 모른다. 어쩌면 나한들은 당분간 쉬고 싶어 한 곳에 조용히 머무르고 싶을 게다. 이제 세상 밖으로 나왔으니 자주 나들이 하셨으면 하고 욕심을 부려 본다.

전시장 밖으로 나오며 입가를 살짝 올려 본다. 아무래도 억지로 웃음을 지으려 하니 어색하다. 나한의 티 없이 맑은 미소가 머리에서 떠나지 않는다.

읽는 약

경주에 거리 명소가 새로 생겼다. '황리단길'이다. 길목에 들어서면 왼쪽으로 대능원이 보이고 길 양쪽으로는 먹고 마시고 놀 수 있는 가게들이 즐비하다. 그래선지 주말에는 젊은이들로 더욱 북적거린다.

조카딸애가 서울에서 경주로 놀러 왔다. 직장 스트레스 때문에 사흘간 휴가를 냈다면서. 황리단길에 숙소를 정하고 왔다는 걸 보면 전국적으로 널리 알려진 듯하다. 최근에는 방문객의 수가 부쩍 늘어 차로 다니기조차 힘들어져 정작 경주시민인 나는 요즈막에 가본 적이 없다. 으레 젊은 애들만이 즐기는 곳이거니 여겨 관심조차 갖지 않았다.

다음날 황리단길 서점에서 산 시집이라며 조카애가 들고 왔다. 내 눈을 끈 것은 책보다 책이 담긴 봉지였다. 영락없는 약 봉투이다. 겉봉에 그려진 큰 네모의 제일 위에 '읽는 약'이라고 적혀 있다. 그 아래는 이름과 날짜를 쓰는 칸이 있고 작은 네모 속에는 '매 시간마다 읽기'라는 문구가 보인다. 봉투에 적힌 처방처럼 책을 잘 챙겨 읽으라고 쓴 성싶다.

얼마 지난 뒤 어떤 곳인지 궁금해 혼자 가 보았다. 책방 유리창에 '어디에나 있는 서점, 어디에도 없는 서점'이라고 흰 페인트로 적힌 게 보여 이내 찾았다. 책방 이름은 줄여서 '어서어서'였다. 한자로 御書御書라고 옆에 쓰면 더 좋았을 걸. 어서御書란 책으로 어거馭車하는 것을 말하며, 어거란 거느려서 바른 길로 나아가게 한다는 뜻이다. 그런 깊은 한자 뜻도 있는데 한글로만 쓴 듯해 좀 아쉬웠다. 스물일곱 난 주인이 꾸민 실내 디자인이 젊은 애들 취향에 맞는지 서점 안은 책을 고르는 사람들로 제법 붐볐다.

언제부턴가 책을 잘 안 읽는다고 야단이다. 오래된 책방이 곳곳에서 문을 닫고 유명 출판사도 불황을 견디지 못하고 연달아 도산했다는 소식이 들려온다. 그런 판국이건만 '어서어서'는 호황인 것 같아 미쁘다. 그러나 한편으로는 오래 지속되지 않을까 봐 은근히 걱정이 된다. 일시적 유행이 아니길 바랄 뿐이다.

《자경문自警文》에 이런 구절이 있다.

　　부처님께서 말씀하시기를
　　나는 어진 의사와 같아

병에 따라 약을 처방해 주나
약을 먹고 안 먹고는 중생의 일이니
의사의 허물이 아니다.
故로 世尊이 云하시되 我如良醫하야
知病設藥하나 服與不服은 非醫咎也라

여기에 나오는 약은 부처님 가르침을 기록한 '불전佛典'을 말한다. 경전이야말로 바로 '읽는 약'인 셈이다.

책은 읽기만 해서는 안 된다. 팔만사천법문을 다 외우더라도 실천이 따르지 않으면 아무 소용이 없기 때문이다. 의사가 약 처방을 내려 주어도 환자가 먹지 않으면 병이 나을 수가 없는 것과 똑같다. 책을 읽어 마음의 양식을 만들고 책속에서 길을 찾아야만 '책이 약이다' 라고 말할 수 있을 성싶다. 읽고 느낀 것을 자기 것으로 만들어야 책의 효험을 보게 되기 때문이다. 세상에 이보다 더 바람직한 일은 어디에도 없을 것 같다.

우리 어머니는 40대 초반에 결핵성척추염을 앓아 2년간 깁스를 하고 살았다. 이웃에 교회 다니는 아줌마가 가끔 목사님을 모시고 와서 기도를 드려 주었다. 목사님은 어머니에게 성경聖經 한 권을 주며 올 때마다 읽을 곳을 정해 주고 가곤 했다. 눕고 엎드려 있는 일만 할 수 있는 어머니는 밖에 나갈 수 없으니 성경에 낙을 부치고 매일 열심히 읽는 것 같았다. 나중에 깁스를 풀고 건강을 되찾자 "성경을 읽은 덕분에 빨리 나은 것 같다"며 환한 웃음을 지었다.

내가 절로 출가한 뒤론 엄마는 독실한 불교신자가 되어 이번에는 불경佛經을 열심히 읽었다. 저 세상에 갔을 때 천당과 극락 중 어디로 갈까 망설였을 것 같다. '읽는 약' 덕택에 양쪽을 자유롭게 오가며 즐거이 살고 있을 듯하다.

요즘은 약이 도처에 넘친다. 약 이름도 가지가지다. 감기약만 해도 수백 가지여서 어떤 약을 먹어야 할지 몰라 헷갈릴 지경이다. '한 가지 병에 만 가지 약'이라더니 딱 맞는 말이다. 어느 모임이나 화제의 중심은 건강이고 따라서 약 이야기가 나오기 마련이다. 안타깝게도 '읽는 약'을 주제로 삼는 경우는 드물다. 마음의 병에는 독서가 특효약이건만 왜 안 읽는지 알다가도 모를 일이다.

독서하는 습관은 한글을 깨우치면서부터다. 초등학교 2학년 때 읽는 것을 너무 좋아한 나머지 어른들이 읽는 신문소설에 맛을 들였다. 낌새를 챈 엄마가 신문을 감추었지만 귀신같이 찾아 읽었다. 읽을거리가 없어 그렇게 된 걸 알게 된 아버지가 치유책으로 〈새벗〉이라는 어린이잡지를 매달 사 주었다. 그 뒤로 병은 자연스레 나았다.

그 병이 또 한번 도졌다. 중학교 때 아버지가 《금병매金甁梅》라는 책을 사 와 캐비닛에 숨겨두고 혼자 읽었다. 호기심이 발동해 몰래 빼내 읽으려다가 아버지한테 들켜 혼꾸멍이 났다. 당시 국제신문에 〈

부나비〉라는 제목으로 연재되었으나 내용이 지나치게 야하다고 독자들의 투고가 빗발치듯 해 중단했던 소설이었다. 사춘기 딸애가 19금보다 더한 책을 읽으려 했으니 부모로선 놀랄 일이었을 게다. 약이 아니라 독이 될 뻔했던 순간이었다.

몸에 잘 듣는 약을 만들려면 양질의 약재가 필요하고 좋은 글을 쓰려면 양서를 많이 읽어야 한다. 목성균의 수필집 〈누비처네〉라는 약을 한 재 지어 열심히 달여 먹는 중이다. 피가 되고 살이 되는 '읽는 약'을 만들어 내기 위해서다.

조카딸애가 두고 간 빈 책 봉투가 나를 빤히 쳐다본다. '매 시간마다 읽기'는 잘 지키고 있느냐고 묻는 듯하다. 괜히 마음이 뜨끔해져 접었던 책을 다시 펼친다.

재매정에 달빛 머물다

희다 못해 푸르스름한 달빛을 쫓아 길을 나선다. 남천南川에서부터 강둑을 따라가면 문천蚊川까지 가기 전 야트막한 둑 아래에 김유신의 옛집으로 알려진 재매정이 보인다. 경주의 사적지 중에서도 유다르게 마음에 들어 달밤이면 자주 찾는 곳이다.

신라 전성기의 서라벌에는 18만 호 가량이 살았다. 그 가운데 서른아홉 채는 금이 들어간 집이라고 '금드리댁' 또는 '쇠드리댁'이라 불렀다. 직역하면 금입택金入宅으로 진골귀족들의 저택이다. 김유신의 본가 택호인 재매정택財買井宅은 그중 하나로 민가로서는 유일하게 사적지로 지정된 곳이다.

40여 년 전만 해도 재매정의 모습은 지금과 달랐다. 옛 우물과 가죽나무 한 그루, 그리고 조선후기에 조성된 비각 안에 유허비만 있는 황폐한 모습이었다. 게다가 울도 담도 없어 가뜩이나 휑뎅그렁한 벌판이 더욱더 황량하게 보였다. 지금은 깔끔하게 정리돼 사적지다운 모양새를 갖추어 놓았다. 들어가는 길목에는 유래를 적은 간판과 다섯 차례에 걸친 발굴성과를 적은 간판이 나란히 서 있어 재매정의 역사를 이해하는 데 도움을 주고 있다.

경주는 '서라벌'이라는 옛 이름처럼 벌이 넓다. 달 밝은 밤이면 온 들판이 훤해 달빛을 밟으며 다니기가 좋다. 예부터 서라벌에서는 보름을 전후해 달을 벗 삼아 숲속을 거닐거나 절에 가서 탑돌이를 하며 달밤을 즐겼다는 기록이 남아 있다.

달님을 따라 옛 정취를 느끼러 달빛 깔린 재매정으로 들어선다. 열사흘 달이 수줍은 듯 구름 사이로 서서히 얼굴을 내밀며 반긴다. 갸름한 계란형 달을 쳐다보니 여인의 아름다운 모습을 열사흘 달님에 비유한 《아라비안나이트》의 시 한 구절이 떠오른다. '과연!', 먼 나라 시인의 감성에 무릎을 치며 감탄하지 않을 수 없었다.

재매정은 다른 사적지와 달리 밤에 불빛이 없어 좋다. 달빛만 내려 앉은 적막한 터에 신령스런 기운마저 감돌아 신화의 세계로 저절로 빠져들게 한다. 희디흰 달빛이 온몸을 감싸자 저절로 눈이 스르르 감기며 신라 당시 서라벌로 거슬러 올라간다.

달님이 가다가 재매정택을 비춘다. 달빛이 내린 저택은 금입택답게 여러 채의 집들이 저마다 웅장하고 화려한 위용을 뽐낸다. 연못에 핀 오색연꽃은 누가 깰세라 못 속에 잠긴 달과 가만가만 속삭이고 숲을 이룬 정원에는 반월성 숲에서 놀러온 새들이 나뭇가지 위에 앉아 잠들어 있다.

남천이 내려다보이는 누각에 앉아 풍류를 즐기던 김유신은 푸른 잔디 위에 내린 달빛을 이기지 못해 숲으로 걸음을 옮긴다. 장군의 늠름한 발걸음이 귀에 울려온다. 그 소리를 들으며 서서히 상상에서 깨어난다. 옛터를 비추는 달빛을 따라 신라당시 서라벌로 떠난 시간여행이다. 터만 남은 텅 빈 벌판에서 상상의 나래를 맘껏 펼치며 신라의 달밤을 만끽한다.

눈을 떠보니 재매정 빈터에 달님이 머물러 하얀 빛이 들판에 그득하다. 밤하늘의 달빛이 풀잎에 내린 밤이슬을 말간 흑진주처럼 빛나게 해 들판의 정경을 신비롭게 만들어 놓는다. 꿈인지 생시인지 분간할 수 없어 넓디넓은 잔디밭을 바라보며 한동안 멍해진다. 다시 사방을 둘러보니 허허로운 벌판에 나 홀로 서서 달빛을 이고 있다.

옛터를 비추는 달은 지나간 이야기를 명주실처럼 풀어낸다. 오늘처럼 달이 밝은 밤이면 김유신도 달을 벗 삼아 뜰을 거닐었으리라. 집 뒤편에 보이는 인왕동 고분군古墳群을 바라보며 인생무상을 느끼기도 했을 것이고 때론 기생천관에게 향하는 연민의 정을 잊지 못해 월정교月淨橋를 건널까 말까 망설이며 고뇌에 빠지기도 했을 것이다. 결국은 대의를 위해 천관과의 관계를 단칼에 끊었지만 애틋한 사랑을 못내 잊을 수 없어 재매정 우물에 묻어두었을 성싶다.

재매정 우물물은 전쟁에 출정하는 김유신이 집에 들를 겨를이 없어 집에서 떠온 장수醬水*를 마시고 "우리 집 물맛은 옛날 그대로구나"라고 한마디만 남긴 채 바로 전쟁터로 떠났다는 일화로 유명하다. 일설에는 간장 물이 아니라 식혜食醯라는 이야기도 있다. 둘 다 기운을 돋우라고 재매정의 우물물로 정성 들여 만들어 올렸으리라. 재매정 우물은 지금까지 그대로 보존되어 당시 신라석공들의 솜씨가 뛰어났음을 가늠할 수 있지만 우물 밑에 묻힌 사연은 끝내 찾을 수 없어 김유신의 속내를 알아낼 길이 없다.

걷다보니 어느덧 월정교에 다다른다. 이곳은 몇 해 전부터 복원공사 중에 있다. 당시에는 왕족이나 귀족만 다닐 수 있던 다리여서 김유신도 월정교를 건너 천관을 보러 다녔으리라. 아직 완공되지 않았지만 밤에는 다리 위 난간의 화려한 단청과 다리 아래 세워진 듬직한 돌기둥에 조명을 비추어 색다른 재미를 더해 준다.

남천을 사이에 두고 재매정 건너편에 천관사지가 있다. 기생천관은 김유신과의 사랑이 끝내 이루어지지 못함을 비관해 죽음을 택했다. 김유신은 그녀의 집터에 천관사天官寺라는 원찰을 지어 명복을 빌

---

* 장수醬水 : 물에 간장을 조금 넣어 묽게 탄 것. 장물이라고도 하며 특히 여름철에 갈증을 해소할 때 많이 마심.

어 주었다. 비록 실연의 아픔 때문에 먼저 갔지만 연인이었던 김유신이 남아 기도로 마음을 달래 주었으니 얼마나 행복한 여인인가. 빈 터만 남은 천관사지는 달빛을 받아 고요하다 못해 쓸쓸함마저 안겨 주지만 누구라도 한번쯤 꿈꿔 보는 그런 사랑이 피어났던 곳이다. 옛터에 서 있으니 그의 따스한 인간미가 달빛이 스며들 듯 가슴에 배어 든다.

천관사지에서 돌아오니 희디흰 월광이 재매정 빈터를 더 환하게 밝히고 있다. 발굴을 끝낸 곳에 놓인 주춧돌이 더 두드러져 보인다. 텅 비어 아무도 없기에 혼자서 달님과 벗하는 밤이다. 모레 밤이면 둥근 보름달이 떠서 들판은 더욱 빛날 테지만 약간 이지러진 열사흘달이 운치가 있어 더 멋스럽다. 재매정을 한 바퀴 도는 동안 신라 왕경의 서라벌 여인으로 돌아가 고도의 분위기에 흠뻑 젖어든 시간을 가졌다.

재매정을 나와 강둑에 오른다. 흐르는 강물 위에도 왼쪽이 조금 일그러진 열사흘 달이 고요히 잠겨 있다. 저 달도 강바람을 맞으며 재매정의 정취를 맘껏 즐겼을까. 초가을 달빛이 머문 윗도리 옷이 하얀 물을 들인 것처럼 새하얗다. 오늘따라 달그림자가 유난히 길다.

레퀴엠

송년음악 감상회 프로그램을 쭉 훑어본다. 죽은 사람의 영혼을 위로하기 위한 곡이 선곡되어 있어 왠지 침울해지려 한다. 한편으론 산 사람이 도리어 마음에 평안을 얻을 수 있을 것 같다는 생각도 든다. 한 해를 보내며 죽음을 생각하는 게 그리 나쁘지는 않을 성싶어서다.

〈레퀴엠〉의 맨 처음 제1곡 '영원한 안식을 주소서'는 금관악기와 현악기가 울리는 가운데 네 명의 성악가와 합창단이 번갈아가며 곡을 이끌어 마음이 동요된다. 정력적인 리듬과 벨칸토 풍의 선율을 적극적으로 구사하며 극적인 대비를 이루어 가슴에 쫘하고 거센 파도가 밀려오는 듯하다.

진혼곡인 〈레퀴엠〉의 정식명칭은 '죽은 이를 위한 미사곡'이라는 종교음악이다. 첫 곡의 첫마디가 '레퀴엠(requiem)' 즉 '안식을' 이라는 말로 시작되어 그렇게 부르게 되었다고 한다. 한 해의 마지막 달인 12월에 베르디의 〈레퀴엠〉을 듣게 되니, 누구를 위한 곡인지 가늠하기 어렵다. 죽은 자가 아니라 산 자가 위로를 받는 느낌이었으니까. 작곡가 베르디는 〈레퀴엠〉을 작곡한 뒤 "이 곡은 죽은 자를 위한 곡이 아니라 산 자들을 위한 경고의 메시지를 전하는 곡"이라고 말했다.

불교에서는 영산재靈山齋 때 범패梵唄, 악기, 춤이 따른다. 죽은 사람의 넋을 기리기 위해서다. 삼현육각三絃六角*의 연주와 범패소리를 반주삼아 나비춤, 바라춤, 승무 등으로 돌아가신 영가를 위해 극락왕생을 발원한다. 경건하고 장엄하기로 말하자면 영산재의식은 타의 추종을 불허한다. 불교종합예술의 장이라고 불러도 손색이 없을 정도로 장관이다. 영산재에 걸어 놓은 괘불에서 아미타불이 나오셔서 직접 영가들을 영접하러 나올 것 같은 생각이 들 정도로 온 정성을 다 쏟는다.

소리꾼 장사익이 부른 '하늘 가는 길'이라는 노래는 상엿소리를 즉흥적으로 토해 내어 가슴을 울린다. 레퀴엠이 죽은 이를 위로하는 음악이라면, 만가輓歌라고도 불리는 상엿소리는 죽은 이를 하늘로 돌아가라고 떠나보내는 노래다. 만가의 곡조는 슬프지만 노랫말은

---

*삼현육각 : ① 삼현은 거문고, 가야금, 태평소이고, 육각은 북, 장구, 해금, 피리 및 태평소 한 쌍의 총칭이다. ② 두 개의 피리, 대금, 해금, 장구, 북이 각각 하나씩 편성되는 풍류.

그렇지 않다. 처음에는 "간다, 간다, 내가 돌아간다. 왔던 길 내가 다시 돌아간다"로 시작해 마지막에는 "하늘로 가는 길! 정말 신나네요"로 끝난다. 죽어서 왔던 길로 되돌아가니 얼마나 기쁜 일인가라고 외치고 있으니 이 정도면 죽을 만하지 않은가 싶다. 이에 비해 레퀴엠의 마지막 곡인 제7곡은 "저를 데려가소서"라고 신에게 의지하고픈 마음으로 기도한다. 죽음을 바라보는 동서양의 시각이 이렇게 다르다.

이웃나라 대만에선 사람이 죽으면 크게 울어 주어야 좋은 곳으로 간다는 옛 풍습 때문에 초상 치를 때 큰소리로 잘 우는 사람을 데려와 돈을 주고 세워 놓는다. 잘 울수록 오라는 곳이 많아 부업으로 하는 사람까지 생겼다는 소리를 듣고 씁쓸했던 기억이 있다. 우리나라도 초상집에서 상주들이 곡을 하긴 하지만 대만처럼 큰소리를 내어 꺼이꺼이 통곡하며 울지는 않는다. 예를 지키느라 우는 흉내를 내는 것에 불과할 따름이다. 실제로 우는 사람도 간혹 있지만…. 참으로 넋을 위로하는 법도 가지가지다.

죽음에 대해 원효 스님이 "나지 말라, 죽는 것이 고통이다. 죽지 말라, 나는 것도 고통이다"라고 말했다. 그 말에 대해 사복蛇福 거사는 "뭘 그렇게 길게 말하나. 나는 것도 죽는 것도 다 고통이다"라고 한마디로 끝냈다는 일화가 전해진다. 아무튼 생사문제는 예나 지금이나 제일 큰 고민덩어리가 아닐까 싶다. 나고 죽는 것이 다 고통이기에 영원히 생사에서 벗어나는 법을 부처님께서 먼저 깨달아 중생들

에게 해탈하는 법을 가르쳐 주었건만 어리석은 중생은 아직 육도윤
회를 벗어나지 못하고 있다.

며칠 지나면 한 살 더 먹는다. 그만큼 죽음의 문턱에 가까워졌다는
걸 뜻하기에 연말이면 죽음이라는 것에 민감해진다. 젊었을 때와 달
리 요즘은 죽는다는 단어가 절실하게 느껴진다. 벗어나려고 애쓰면
애쓸수록 죽음이라는 놈이 더 깊숙이 파고들어 오는 것 같아 무심
해지려 해도 마음먹은 대로 잘 되질 않는다.

한 해를 보내는 마당에 〈레퀴엠〉을 들으니 죽음이라는 것에 대해
한 번 더 되새겨 보는 시간을 갖게 되었다. 처음엔 의아해 했지만 곡
의 선정은 매우 잘한 성싶다. 베르디의 죽음에 대한 경고의 메시지
가 가슴에 파고 들기 때문이리라.

제4장

검은 색이 모든 색을 포용하듯

밤바다는 모든 번뇌를 떠안는다

마수걸이

속담은 한 나라의 문화의식을 드러낸다. 우리나라에는 '처음'에 대한
속담이 많다.

"첫 단추를 잘 끼워야 한다."
"처음이 나쁘면 끝도 나쁘다."
"첫술에 배부르랴."

지금도 이런 말들이 종종 통용되는 걸 보면 첫 시작이 얼마나 중요
한가를 말해 준다. 새해에 처음 떠오르는 해를 보며 한해를 기원하
는 것도 그런 의미가 들어 있어서일 게다.

사찰에서의 하루는 새벽예불로 시작된다. 욕심·성냄·어리석음 등 삼
독三毒을 죽 벌여 놓고 부처님이 마수걸이해 주기를 바란다. 더러운
진흙탕 속에서 피어오르는 청정한 연꽃처럼 처염상정處染常淨한 부

처님이 아니면 사 줄 사람이 없어서다. 오늘은 재수가 좋아 성냄을 마수걸이하고 인내라는 도장을 받았다. 엎드렸던 고개를 들고 마루에 이마를 찍는다. 두 번 다시 성내지 않겠다는 맹서이다.

밖은 아직 희끄무레하다. 조금 있으면 밤을 새운 나무 위로 새로운 아침이 시작되는 첫 햇살이 비칠 것이다. 오늘처럼 마수걸이가 순조롭게 성사된 날은 반타작이라도 한 것 같아 법당 밖으로 나오는 발걸음이 가볍지만 사실 이루어지지 않는 날이 더 많다. 그런 날은 아무래도 정성이 모자란 탓이라 여기며 새로이 마음을 다지게 된다.

시골 5일장에 갔다. 붐비기 전에 가느라고 아침 일찍 출발했지만 장꾼들은 벌써 목이 좋은 곳에 물건을 펼쳐 두었다. 야채나 나물, 농사 지은 잡곡 등을 벌여 놓고 파는 노점상인은 거의 대부분 나이가 든 아줌마거나 할머니들이다. 앞을 지나가노라면 말을 걸어온다.

"스님, 첫 마수 좀 해 주이소."

살 물건이 아니니 그냥 지나친다. 괜히 쳐다보면 혹여 마수걸이가 걸리나 하고 기대할까 봐서다. 손님이 오기를 애타게 기다리는 마음이 굴뚝같을 텐데 매정하게 발걸음을 돌리는 마음이 편치만은 않다.

시금치단을 쌓아 놓은 할머니 앞에 섰다. 진초록 이파리 밑에 뿌리 부분이 빨간 게 싱싱하다. 겨울을 이겨내느라 용을 쓴 모양이다. '장사는 흥정이 반'이라고 모개흥정을 하려 했더니 할머니가 손사래를 치며 "첫 마수라 싸게 줄 테니 깎지 말라"고 한다. 달라는 대로 2만 원을 건네주니 이마에 갖다 대고 손바닥으로 툭툭 친다. 첫 마수를 했다는 시골장꾼의 의식이다. "스님이 마수걸이를 해 줘서 오늘은 장사가 잘 될 겁니다"라며 싱글벙글 해죽이 웃는 모습을 보니 덩달아 기분이 좋다. 나도 새벽예불에서 마수걸이를 하지 않았던가.

시장판에서는 희망을 사고판다. 소리꾼 장사익의 〈희망 한 단〉이라는 노래에 시골 장에서 채소장수 아줌마에게 "희망 한 단에 얼마예요?"라고 묻자 "아저씨 채소나 한 단 사가시유"라고 답하는 노랫말이 나온다. 시장에서는 채소 한 단, 생선 한 두릅, 장터국밥 한 그릇을 파는 것이 희망이다. 물건을 팔아야 희망을 살 수 있어서다. 단순한 공식이다. 팔지 못하면 절망 한 단을 도로 짊어지고 돌아가야 하니 그보다 딱한 노릇은 없을 듯하다.

마수걸이는 "마수魔手를 걸다"라는 말에서 나왔다고 한다. 그 말을 들으니 동화에 나오는 공주가 마녀의 마술에 걸린 게 생각나 으스스한 느낌이 든다. 마수걸이 돈을 이마에 갖다 대는 것은 장사가 잘되게 해 달라는 마술을 거는 셈이다. 아무튼 사는 사람이나 파는 사람이나 둘 다 기분 좋게 마수걸이를 하면 주문에 걸린 듯 그날 일진이 술술 잘 풀릴 것만 같다.

근세에 혜월慧月 선사라는 천진도인이 계셨다. 큰스님이 장에 가면 그야말로 봉이었다. 불쌍한 얼굴로 "노스님, 오늘 첫 마수도 못했어요"라고 말하면 물건이 좋거나 나쁘거나 달라는 대로 돈을 주고 다 사 주곤 하셨다. 절에 와서 보퉁이를 풀면 쓸 만한 것은 거의 없고 버려질 것들이 더 많아 기가 막힐 노릇이었다. 다 시들어버려 안 팔리는 상추까지 떨이를 해 준다고 모조리 사올 때도 있으니 말해 무엇 하겠는가.

다른 스님들은 어이가 없어 죽을 지경이지만 혜월 선사는 정작 태연했다. "첫 마수도 못한 걸 사 주면 서로 얼마나 기분 좋은 일이냐. 팔다 남은 것을 사 주면 그 사람도 좋고 나도 좋은데"라고 하셨다. 이어서 "손해 본 것도 없건만 왜들 야단들이냐"고 했다고 한다. 참으로 마수걸이의 참뜻을 꿰어 낸 선지식이 아니었나 싶다. 세상만사를 이런 식으로 살면 시비할 일이 무에 있겠는가.

마수걸이는 서로가 기꺼워해야 제대로 이루어진다. 마수걸이에서 돈을 좀 더 주고 샀다고 배 아파할 필요도 없고 싸게 샀다고 기뻐할 일도 아니다. 혜월 선사의 계산법은 어느 수학자도 따라갈 수 없는 정확한 셈법이 아닐까 싶다. 이런 수학을 학교에선 왜 가르쳐 주지 않는 걸까. 다음 장날에서는 어떤 마수걸이를 하게 될지 모르겠다. 혜월 선사처럼 마수걸이하려면 아직 갈 길이 멀다.

마수걸이하려는 희망을 가지고 저녁예불시간에 엎드려 기도를 올린다.

"부처님, 오욕五慾(재물·색·식·명예·수면 등 다섯 가지 욕심)과 삼독三毒(욕심·성냄·어리석음)을 내놓았으니 제발 어느 것 하나라도 마수걸이해 주시기를 기원합니다."

오늘 저녁은 허탕이다. 내일은 더 일찍 일어나 새벽 전을 벌여야겠다. 부처님께 마수걸이를 할 때까지 참고 견딜 수밖에…. 언젠가는 마수걸이를 할 날이 오리라는 희망을 안고 오늘도 엎드려 참회기도를 올린다.

머리카락

건들장마가 들어 초가을비가 오락가락하더니 오랜만에 웃날이 들었다. 청소를 하려고 창문을 활짝 여니 찬 공기가 방안으로 쏴아 밀려들어 온다. 비 온다고 내내 닫아 두었던 방에 바람과 햇볕이 같이 들어오자 뽀얀 먼지가 빛을 따라 일렁거리며 일어난다. 어디에 숨었다가 한꺼번에 나오는지 참으로 묘하다.

청소기를 들이대니 눈에 안 보이는 먼지까지 빨아들인다. 훤해진 방을 보고 기분이 좋아 내친 김에 이불도 햇볕바라기를 시켰다. 마루에 놓인 화분들은 오랜만에 바깥바람을 쏘이자 기지개를 펴며 활개를 친다. 방과 마루가 기분전환이 되었는지 밝은 표정을 지으며 웃는다. 모처럼 대청소를 해 보려고 다음 단계를 준비한다. 걸레질이다.

청소기가 다 흡입한 줄 알았건만, 까맣고 가느다란 형체가 눈에 띈다. 이게 뭔가 하고 주워 보니 머리카락 몇 가닥이다. 출가사문이라 머리를 싹 밀어버렸기에 내 것은 분명 아닐 터이다. 누구 것일까? 아무리 생각해도 기억이 떠오르지 않는다. 그럴 땐 생각을 말아야 한다. 공자님도 생각이 떠오르지 않으면 쉬었다가 다시 하라고 하지 않았던가. 우리 방에 들어왔던 사람이 누구였는지조차 생각이 나지 않으니 범인을 잡을 근거가 없다. 한 모숨도 아닌 머리카락 몇 개가 머릿속을 어지럽힌다.

걸레에 묻어나오는 머리카락을 보니 누구 건지는 모르지만 더럽다는 생각이 일순 든다. 머리에 붙어 있을 땐 좋은 샴푸로 감고 드라이어로 말린 뒤, 파마기로 컬이나 웨이브를 만들어 한껏 멋을 부렸을 텐데…. 그렇듯 애지중지하며 사랑받던 귀한 몸이었건만 더러운 물건인 양 손으로 집는 것조차 꺼리는 신세가 될 줄이야. 누군가에게 하소연을 하고 싶은 심정일 게다. 똑같은 머리칼이건만 팔자가 이렇게 달라질 줄 머리칼 자신도 몰랐으리라.

여중 졸업식 날, 친구 부모님이 데리고 간 곳은 '청탑 그릴'이라는 유명한 양식집이었다. 그때까지 칼질하는 음식을 먹어본 적이 없는 부산 촌놈이라 쭈뼛거리며 포크와 나이프를 들었다. 고기를 잘 썰지 못해 쩔쩔매는 나를 보자 친구가 대신 잘라 주었다. 그때였다. 비프스테이크 사이로 머리카락이 삐쭉이 나와 선을 보였다. 꺼내 보니 제법 길었다. 그걸 본 친구오빠가 주인을 오라고 하니 종업원이 "왜 그러느냐?"고 물었다. "빨랫줄이 생겨서 팬티를 널어 볼까 한다"

고 하자 얼른 알아듣고 주인을 불러왔다. 지금 같으면 음식 값을 배상해 달라거나 다시 만들어 오라고 하겠지만. 죄송하다고 사과 받는 걸로 끝이 났다. 나는 하는 수 없이 머리카락을 빼내고 먹을 수밖에 없었다.

음식에 들어간 머리카락은 사람들이 징그러운 벌레 보듯 한다. 알고 보면 머리에서 떨어져 나간 신체의 일부이건만 왜 그렇게 여기는 걸까. 뭐든 마음먹기 달렸다고 말은 쉽게 하면서도 직접 닥치면 행동은 달라지기 마련이다. 뻔히 알면서도 고정관념을 깨기는 어려운 것 같다.

얼마 전 텔레비전에서 어느 요리사가 한 이야기다. 어느 날, 자신이 만든 요리에서 머리카락이 나온 뒤로 머리를 박박 밀어 스님들처럼 삭발하고 다닌다고 했다. 머리카락에 대한 인식이 얼마나 나빴으면 그런 결정을 내렸을까. 그의 용기에 박수를 보내고 싶다. 자기의 직업에 대한 철저한 책임감을 읽을 수 있어서이다.

절로 출가하기 전, 머리카락이 잘 빠지는 편이었다. 아무리 주의를 한다고 해도 소리 소문 없이 내려와 아무데나 찰싹 달라붙거나 옷에 떨어져 있어 정말로 귀찮은 존재였다. 특히 눈에 잘 띄는 치맛자락이나 바짓가랑이 등에 들러붙어 있다가 점잖은 자리에 가면 꼭 들켰다. 그게 그리 나쁜 일은 아니지만 왠지 칠칠치 못하다는 인상을 주는 것 같아 무안스러웠던 적이 있다. 그럴 때마다 머리카락이 없으면 얼마나 좋을까라는 엉뚱한 생각을 하였다.

출가하면서 소원대로 삭발削髮을 하게 되었다. 불교에서는 머리카락을 무명초無明草라고 부른다. 무명은 온갖 번뇌의 근원인지라 출가하면 무덤에 벌초하듯 머리카락을 싹 밀어 없애 버린다. 머리카락은 없어졌지만 오랫동안 익힌 습관이 남아 있어 무심결에 흐트러진 머릿결을 쓸어 올리려고 손을 대면 머리카락이 손에 잡히지 않아 계면쩍어 한 적이 있다. 그럴 땐 손을 슬쩍 내리며 행여 누가 보았을까 봐 주위를 둘러보고 아무도 없는 걸 안 다음에는 혼자 실소를 금치 못하곤 했다.

삭발한 지 얼마 안 된 새내기 중노릇을 할 때다. 어른스님으로부터 "하루에도 몇 번씩 자기 머리를 만져보고 그때마다 처음 머리 깎을 때 먹은 마음이 흐트러지지 않았는지 살펴보라"고 하는 말씀을 들었다. 절에서는 수행하는 마음가짐으로 초심初心 즉 처음마음을 가장 중하게 여긴다. 《화엄경약찬게華嚴經略纂偈》에 초발심시변정각初發心是便正覺이라는 경구는 '처음에 올바른 마음을 일으키면 바로 정각正覺(깨달음)을 이루게 된다'는 뜻으로 처음 마음가짐이 얼마나 중요하다는 걸 가르쳐 주는 말씀이다.

부처님 당시에는 출가하러 오는 이에게 "선래善來 비구比丘여!"라고 하면 저절로 머리카락이 다 떨어졌다. 여기서 머리카락은 번뇌의 풀인 무명초를 말한다. 부처님의 원력으로 무명초가 자연스레 없어져 깨달음에 들었다는 것을 말한다. 부처님 당시엔 그런 일이 가능했지만 지금은 근기가 낮아져 선래 비구가 될 수 없으니 참으로 안타깝다.

스님들은 머리카락이 조금 자라면 칼로 밀어버린다. 여름엔 열흘에 한 번, 겨울엔 보름에 한 번 깎는다. 예전엔 쇠를 달궈 만든 삭도削刀로 밀었지만 지금은 면도칼로 깎는다. 삭도로 삭발할 땐 자칫 잘못하면 머리에서 피가 나기 마련이어서 남이 깎아 주었지만, 지금은 누구라도 면도칼로 혼자서도 너끈히 할 수 있다. 처음엔 약간의 실수가 있지만 이내 능숙해진다. "중이 제 머리 못 깎는다"는 말은 옛날이야기다.

머리칼을 깨끗이 깎아 버리면 날아갈 듯 시원해 기분이 상쾌하다. 이런 기분은 승려가 아니면 맛보기 힘들 성싶다. 그러기에 "중은 깎아서 내다팔아야 제 값을 받는다"는 말이 생겨났나 보다. 삭발하고 나면 한결 잘나 보이니까 나온 속담이 아닌가 싶다. 어쩐지 승려를 비하하는 것 같은 느낌이 드는 말이지만 나쁘게 여길 일은 아닌 듯하다. 뭐든 긍정적으로 생각하고 볼 일이다.

티베트의 승려들은 머리를 싹 밀지 않는다. 처음엔 왜 저렇게 기르고 다니는가 싶어 궁금했다. 나중에야 물이 귀할 뿐만 아니라 추운 산악지방이라 너무 바짝 깎으면 추워서 견디기 힘들다는 걸 알게 되었다. 척박한 환경에 적응하기 위해서라는 사정을 알고는 잘못된 고정관념을 버리게 되었다. 삭발습관도 사는 곳이나 환경에 따라 조금씩 다른 것 같다.

싹 밀면 머리카락 하나 없는 머리가 되지만 얼마 안 가서 다시 자라난다. 한 번 싹 밀어버리면 다시는 자라나지 않았으면 싶다. 오늘도 무명초를 없애려고 정진을 계속한다. 언제쯤 싸악 없어지려나. 선래 비구처럼 무명초가 저절로 없어진다면 더 바랄나위가 없겠다. 출가 사문의 본분을 잊지 않으려고 다시 한번 머리를 만져 본다.

모지랑이

도랑에 풀을 매는 날이다. 일을 안 해 본 사람은 뭐든 새것이라야 좋은 줄 안다. 하지만 천만에 말씀이다. 새 호미를 잡았다가 손에 물집이 생겨 혼이 난 경험이 있어 길이 잘 든 호미를 고르려고 미리감치 광으로 간다.

첫 번 고른 호미는 적당히 길들어져 좋긴 한데 슴배가 자루에 꽉 박히지 않아 흔들거린다. 따로 두었다가 손을 봐야 할 것 같다. 곁에 걸린 낫들도 이 빠진 놈들이 더러 있어 날을 세우려면 속내야 할 것들이라 같이 모아 놓았다. 마침내 호미 끝이 닳고 닳아 은빛으로 반짝거리는 놈을 찾아내었다. 잡아 보니 손에 착 달라붙어 풀이 잘 뽑힐 것 같다. 끝이 적당하게 날카로워 땅이 기막히게 잘 파질 듯해 저절로 양쪽 입꼬리가 올라간다. 오늘은 일하기가 훨씬 수월할 듯하다.

곁에 있는 스님은 힘이 드는 모양이다. 늦게 온 탓에 새 호미를 골랐으니 고생깨나 할 성싶다. 호미 끝이 무디니 힘만 들고 능률이 오르지 않아 안간힘을 쓰는 듯해 보기에 안쓰럽다. 그렇다고 호미를 바꿔 줄 수도 없고 난감해진다. 옆에 있으니 마음이 쓰여 다른 곳으로 옮겼다. 혼자만 힘들지 않게 풀을 매는 것 같아 미안한 마음이 들어서였다. 새 호미를 들고 풀을 맬 때 너무 애를 먹어 그 사정을 누구보다 잘 알기에….

옷은 새로 만든 진솔이 좋으나 호미는 오래 되어 길이 난 것일수록 인기가 좋다. 손에 잡는 순간 느껴지는 감촉이 벌써 달라 서로 교감이 이루어진다. 그것은 호미의 연륜이 만들어 낸 결과다. 일부러 속 낸 것이 아니고 세월이 흐르면서 자연스레 길이 난 것이라 더더욱 정이 가기 마련이다. 모지랑이는 금방 만들어 지는 게 아니고 오랜 세월에 걸쳐 만들어졌기에 더 소중하게 여긴다.

칼은 처음엔 날카로워 쓰기 좋지만 쓸수록 점점 무뎌져 쓰기 불편해지고, 호미는 처음엔 무디지만 쓰면 쓸수록 길이 나 쓰기 편해진다. 같은 쇠붙이라도 생김새에 따라 쓰임새가 달라진다. 사람도 마찬가진 듯싶다. 처음엔 별로 좋지 않게 여기다가 만날수록 정이 가는 사람이 있는가 하면 처음엔 호감을 가졌다가 만날수록 정이 떨어지는 사람이 있기 마련이다. 물건이나 사람이나 쓰임쓰임이나 됨됨이에 따라 친소親疎가 생기는 것 같다.

모지랑이가 된 호미만 대접을 받은 게 아니다. 끝이 닳아 반들반들해진 모지랑이 놋숟가락도 한때는 굉장한 인기를 누렸다. 지금은 감자 깎는 칼이 나와 거의 무용지물이 된 신세지만 이전에는 부엌에서 둘째가라면 서러워할 정도로 감자 깎기의 달인이었다. 그뿐이랴. 가마솥의 누룽지는 모지랑이 숟가락이 아니면 솥 밑바닥에 붙은 누룽지를 싹싹 긁어모을 수 없었다.

숟가락이 방짜공장에서 갓 나오면 처음엔 별로 인기가 없다. 무디니 어쩌니 핀잔만 주고 거들떠보지 않는다. 한 10년쯤 흐르면 끄트머리가 닳고 닳아 모지랑이가 되면 그때부터 불티나게 불려 다닌다. 그처럼 한동안 전성기를 누렸건만 지금은 찬밥신세다. 슬슬 박물관으로 자리보전하러 가야 할는지도 모르겠다.

호미는 쇠로 만들고 숟가락은 놋쇠로 만든다. 둘 다 쇠붙이지만 쇠는 검고 놋쇠는 누렇다. 시간이 흐르면 쇠는 닳아 은빛으로 변하고 놋쇠는 닳아 금빛으로 변해 연륜을 인정받아 값이 올라가게 된다. 그런 인기를 누리던 모지랑이들 중에 아직도 호미의 인기는 사라지지 않고 있다. 하지만 언젠가 모지랑이 숟가락 신세가 될는지 모를 일이다.

같은 모지랑이지만 몽당빗자루와 몽당붓은 다른 삶을 산다. 둘 다 쓴다는 점은 같지만 용도가 다르다. 붓은 글을 많이 써서 털이 닳으면 버림을 받고 빗자루는 방이나 마당을 많이 쓸어 닳아지면 쓸모가 없어 버려지게 된다.

예외가 있었다. 서산에 팔십을 바라보는 농부 서예가가 다 써서 은퇴한 붓과 작품을 묻는 퇴필총退筆塚을 만들어 화제가 된 적이 있다. 묻는 시간은 붓을 뜻하는 11월 11일 11시 11분으로 정해 매장하고 이별의식을 행했다고 한다. 그는 "(…) 훗날 흙으로 만날지니 먼저 보낸다고 야속해 마소"라고 마지막으로 애도의 뜻을 표했다. 붓의 일생이 그만하면 살 만하지 않은가. 무덤까지 만들어 노고를 치하하고 추도사를 들려 주었으니 붓으로서는 최고의 영예가 아닌가 싶다.

무딘 호미가 모지랑이 호미로 되는 것은 하루아침에 만들어지는 게 아니다. 수많은 호미질 끝에 만들어진다. 수행도 마찬가지다. 끊임없는 정진만이 깨달음으로 가는 길로 갈 수 있다. 모지랑이 호미에게서 정진의 의미를 다시금 되새긴다.

도량에 풀을 다 매고 호미를 걸어 주고 나오니 목탁소리가 들린다. 그제야 시장기가 느껴져 서둘러 후원 쪽으로 향한다.

목련

천년가람 석남사가 마련한 찻자리다. 춘분답게 따스한 기운이 도량에 가득하다. 처음 나온 것은 노랑연두색이 살짝 도는 마른 꽃잎 세 개를 넣어 뜨거운 물을 부은 차다. 곧바로 푸르스름한 빛깔이 돌며 향이 은은하게 들린다. 한 모금 마시니 향긋하고 싱그러운 맛이 입안에 감돈다. 봄이 혈관을 타고 온 몸으로 흐르는 듯하다.

차를 즐기는 것만큼 만드는 것도 좋아해 이른 봄부터 자못 바쁘다. 꽃과 잎들이 앞서거니 뒤서거니 다투어 피므로 때에 맞춰 따줘야 한다. 자칫하면 시기를 놓치기 일쑤여서다. 작년에 이어 올해도 생강나무 꽃필 때 산에 가지 못해 못내 아쉬웠다. 내년 봄까지 기다리는 수밖에 별도리가 없다.

무슨 차인가 궁금해 물으니 목련꽃차라고 한다. 늘 보던 꽃잎보다 매우 작다랗다. 목련은 흔히 봉오리일 적에 따서 말리거나 설탕에

재워 차를 만든다. 잎이 너무 작아 궁금해 하니 "3월 초순경, 꽃이 터지기 전에 껍질째 따서 속에 든 꽃잎을 하나하나 떼어내 그늘에 말린 것이라"고 말해 준다. 왜 작다랬는지 고개가 끄덕여진다. 비법을 하나 배웠으니 내년 봄엔 일러준 대로 해 봐야겠다. 찻잔에서 목련이 피어나는 모습을 어서 보고프다.

한편 죄스럽다는 생각이 들었다. 맛있는 차를 마시려고 겨우내 두꺼운 껍질 속에서 매서운 추위를 이겨내고 따스한 봄이 오기만을 기다렸을 봉오리를 따야 한다니…. 피지도 못하고 졸지에 목숨을 잃어버리게 될 목련에게 미안해서다.

생각해 보니 그것만이 아니다. 아무 죄책감 없이 남새밭에 푸성귀가 자라면 쏙 뽑아먹고 과수원에 과일이 익으면 뚝 따먹으며 여태껏 살아오지 않았는가. 이제야 생명의 귀중함을 알게 되다니 스스로 어리석음을 깨닫는다. 《능엄경楞嚴經》에서 "사람의 발이 땅에서 못 벗어나는 것은 땅에서 나는 모든 것을 먹고 살기 때문이다"라고 말했다. 즉 인과응보라는 말이다. 어찌 보면 약육강식하는 육식동물보다 동식물을 다 먹는 인간이 더 잔인한지도 모르겠다.

피란시절, 명색이 좋아 학교 사택이지 비좁은 판잣집에서 살고 있을 때였다. 피란학교* 바로 위에 돌로 축담을 높이 쌓아 올린 뒤 사방으

＊피란학교 : 1950년 한국동란 때 임시수도였던 부산과 대구에 사는 피란민을 위해 임시

로 담을 둘러친 어마어마하게 큰 저택이 있었다. 이른 봄, 아직 잎도 나지 않은 나무에 봉긋하게 올라온 하얀 꽃봉오리가 담장 밖으로 선을 보이자 아홉 살 난 계집아이는 그만 혼이 나가버렸다.

유혹에 못 이겨 돌담을 타고 올라가 꽃가지 하나를 몰래 꺾어 내려왔다. 내 딴에는 엄마에게 자랑하러 꽃을 가져갔다가 남의 것을 말없이 훔쳐 왔다고 된통 혼만 났다. 그보다도 '높은 데 올라가다 떨어지면 어떻게 하려고' 하는 걱정이 앞서 더 호되게 꾸지람을 한 성싶다. 그런 엄마의 속내를 모르고 얼마나 원망스러웠던지…. 그 꽃이 목련이라는 건 나중에야 알게 되었다.

고귀함이라는 꽃말을 가진 목련은 화가들의 단골 그림 소재가 된다. '빈 분리파'의 일원이었던 빌헬름 리스트(1864-1918)의 〈목련〉은 실물처럼 그려져 있어 손을 뻗어 꺾고 싶을 정도로 생생하게 표현되어 있다. 아르누보 형성에 큰 공헌을 한 그의 그림을 아직 직접 마주하지 못해 매우 아쉽다. 복사판만으로도 충분히 시적인 감흥을 자아낼 정도여서다. 그림 속에 흐드러지게 피어 있는 목련꽃을 보니 박목월이 〈사월의 노래〉에서 '생명의 등불을 밝혀 든다'라고 목련이 핀 모습을 읊은 시구가 떠오른다.

물에서 사는 연꽃만 연이 아니다. 목련은 나무에서 피어난 연꽃이다. 오방색인 청·황·적·백·흑으로 피는 연꽃과 달리 적과 백만 핀다. 푸른 하늘을 배경으로 핀 하얀 백목련白木蓮은 고고하게 서 있는 한 마리 백학을 연상케 하고 자목련紫木蓮의 핏빛은 플라멩코를 추는 무희의 새빨간 치마를 떠올리게 해 준다. 둘 다 물에서 올라온 연꽃 하고는 전혀 다른 매력을 풍긴다.

한련旱蓮과 토련土蓮은 땅에서 자라는 연이다. 꽃봉오리가 연과 닮은 목련과 달리 이파리가 연잎과 비슷하다. 연꽃은 처염상정處染常淨*이라는 말로 표현되며 불교를 상징하는 꽃이다. 물, 나무, 땅 등서로 각기 다른 환경에서 자라지만 성품은 연꽃과 같아지기를 바라는 마음에서 연이라는 이름을 붙여 준 게 아닌가 싶다.

연의 줄기인 연근은 구멍이 아홉 개다. 연꽃의 줄기도 잘라보면 똑같이 아홉 개의 구멍이 나 있다. 우리 몸의 구멍도 눈·코·입을 비롯해 모두 합하면 아홉 개다. 우연의 일치인지 모르겠으나 희유하다는 생각이 든다. 인체와 연꽃에 공통점이 있다는 게 신기할 따름이다. 그런 구멍을 통해 나쁜 것을 다 버릴 수 있기에 연은 맑고 깨끗한 꽃을 피우는 게 아닌가 싶다. 사람 또한 구멍을 통해 나쁜 것은 내보내고 새로운 것을 받아들이는 순환을 거듭함으로써 건강한 삶을 이어가는 듯싶다.

---

* 처염상정處染常淨 : 더러운 곳에 처해 있어도 세상에 물들지 않고 항상 맑은 본성을 가지고 있을 뿐 아니라, 맑고 향기로운 꽃으로 피어나 세상을 정화한다는 뜻으로 연꽃을 표현한 말이다.

목련꽃은 나무 위에 피어 있을 땐 신부의 면사포처럼 하얀색이거나 스페인의 무희가 입는 치마처럼 붉은 자주색이다. 그러나 떨어지면 나쁜 것을 다 짊어지고 내려와선지 이내 누렇게 변하면서 말라버린다. 보기 흉한 몰골이 될 걸 알면서도 내년 봄에 새로 피어나는 꽃을 다시 볼 수 있도록 목숨 바쳐 순환의 법칙을 지킨 것이리라. 신라의 이차돈처럼 흰 피를 흘리진 않았어도 거룩하고 아름다운 순교정신을 목련에게서 본다.

꽃이 진 자리에 잎이 무성해진 7월의 목련을 바라본다. 이때쯤 연꽃은 서서히 피어날 채비를 서두른다. 봄 연꽃인 목련이 나무에서 지고나면 물에서 자란 여름 연꽃이 배턴을 이어받아 오색으로 피어난다.

여름날 무성해진 목련의 푸른 잎은 가을에서 겨울로 접어들면 단풍이 들어 다 떨어져 나가고 앙상한 가지만 남겨질 게다. 그때가 되면 가지 끝에는 뽀얀 솜털을 둘러쓴 까만 껍질 안의 목련꽃이 미동도 하지 않고 동면에 들어가게 되리라.

이른 봄날, 어떤 손이 아직 껍질에 쌓여 있는 꽃을 똑 하고 따갈지 모르는 운명이건만 천사처럼 곤히 잔다. 목련은 마냥 봄이 오기를 기다릴 따름이다. 따스한 봄기운이 잠을 깨워 줄 때까지.

숲, 색으로 말하다

건들바람이 부니 어디론가 떠나고 싶다. 가을을 흠씬 느껴보려고 경주 교외에 자리 잡은 산림환경연구원을 향해 핸들을 꺾는다. 시내에서 멀지 않아 시간이 나면 즐겨 찾는 곳으로 수목과 초화가 어우러진 숲정이이다.

주말이어서 제법 붐빈다. 때마침 마로니에가 파랑에서 노랑으로 옷을 갈아입는 중이라 녹황색이 어울려 묘한 조화를 이룬다. 떨어진 잎들은 가을볕에 탔는지 갈색 헌옷이 되어 여기저기 굴러다닌다. 촘촘하게 심어진 마로니에는 위로만 올라가 하늘을 뚫을 기세여서 무얼 먹고 자랐는지 물어보고 싶어진다. 아직은 마로니에 가려 잘 보이지 않지만 마로니에 잎이 떨어지고 나면 메타세쿼이아가 옷맵시를 드러내려고 잔뜩 벼르고 있는 듯하다. 혹여 꼿꼿한 자세가 흐트러질까 봐 '열중쉬어' 자세를 계속 유지할 참인 것 같다.

여러 수종들이 메숲지어 있는 곳이어서 산속으로 들어가는 느낌이다. 산책길을 따라 걸어가니 메타세쿼이아가 숲을 이룬 곳이 나온다. 세계에서 제일 크게 자라는 나무답게 하늘 높은 줄 모르고 위로 뻗어 있다. 아파트로 치면 20층 이상 가는 높이가 아닌가 싶다. 키가 작은 나는 메타세쿼이아의 큰 키가 부러워 한참을 넋 놓고 올려다보았다.

나무 밑에는 떨어진 잎이 곱게 내려와 양탄자를 깔아 놓은 듯하다. 밟아 보니 촉감이 스펀지보다 부드러워 절로 기분이 좋아져 콧노래가 나온다. 낙엽이 쌓이고 또 쌓여 흙바닥은 아예 보이질 않는다. 낙엽이 사람들에 의해 밟히고 밟혀 곱게 빻은 밀가루 같아 그 위에 누우면 솜을 넣은 요보다 더 포근해 금방 잠이 올 것만 같다.

미국 인디언 체로키부족은 예부터 메타세쿼이아가 잡귀를 없애주어 자신들을 보호할 뿐만 아니라 소원도 이루어 준다고 신성하게 여겨 장신구로 만들어 몸에 소지하고 다녔다고 한다. 그들은 메타세쿼이아가 사람을 이롭게 해 주는 나무라는 걸 진즉부터 알고 이용했던 지혜로운 부족이었던 듯싶다.

요즈막엔 메타세쿼이아가 저탄소 녹색성장운동에 일등공신이어서 숲길을 조성하기 위해 심는 나무로 각광을 받는다. 메타세쿼이아는 산소는 물론 피톤치드도 제공해 스트레스를 완화시키고 신심에 안정을 줘 숙면을 유도하는 효능이 있어 현대인들의 건강에 일조를 한다.

게다가 철마다 옷을 바꿔 입어 사람들의 눈을 즐겁게 해 주어 관광자원으로서도 한몫을 한다. 키도 훤칠하게 큰데다가 몸맵시까지 미끈해 참으로 멋거리진 나무다. 든든한 숲지기 노릇을 톡톡히 해내는 수종이므로 이곳저곳에 많이 심었으면 싶다. 경주시내 가까운 곳에 메타세쿼이아 숲정이가 있다는 것에 어깨가 으쓱해진다. 누구에게라도 자랑하고파진다.

메타세쿼이아는 변신의 귀재이다. 봄에 나오는 새싹은 연두색으로 태어나 아기의 살결처럼 보드랍다. 그러나 여름으로 접어들면 청년 같은 푸른 기상으로 쑥쑥 자라 오르며 맑은 산소와 피톤치드를 펑펑 품어내 지구의 공기정화에 한 몫을 하는 전성기를 구가한다.

가을에는 메타세쿼이아가 여러 색깔의 옷으로 변신을 꾀하는 시기다. 잎이 지기 전에 가장 아름다운 모습을 보여주기 위해서인 듯하다. 지는 해가 아름답듯이. 사람들은 옷을 벗은 뒤 다른 옷으로 갈아입지만 메타세쿼이아는 그대로 서서 옷 색깔을 갈아치운다. 얼마나 희한한 재주를 가졌는지 모르겠다.

가을엔 메타세쿼이아의 본격적인 패션쇼가 시작되는 계절이다. 바람이 빛깔을 실어 나르는지 스치고 지나가면 하루가 다르게 색깔이 변한다. 처음에는 노랑으로 시작하다가 점점 커피색으로 바뀐다. 가을이 익어 감에 따라 색이 더욱 짙어지면서 나중에는 붉게 타오르는 적갈색으로 물들게 된다.

노을이 비치면 메타세쿼이아의 적갈색 단풍은 금방이라도 온 몸을 불태울 것 같은 붉디붉은 색으로 물들어 몽환의 세계로 빠져들게 한다. 가끔 강쇠바람이 불어오면 나뭇가지에서 검붉은 낙엽이 우수수 떨어진다. 마치 〈볼레로〉라는 스페인무곡에 맞춰 붉은 치마를 펄럭이며 정열적인 스텝을 밟는 무희의 모습과 같아 보인다. 겨울이 오기 전에 마지막 혼신의 힘을 다해 아름다운 자태를 보여주는 듯해 애틋함이 전해진다.

늦가을에 가장 아름다운 나무를 들라면 메타세쿼이아를 꼽고 싶다. 가을에서 겨울이 오는 문턱까지 불타오르는 붉은 갈색으로 몸단장하고 보는 사람들의 눈을 즐겁게 해 주어서다. 적갈색 잎들은 된 서리를 맞고도 의연하다. 서리 맞은 가을국화에 비견해도 손색이 없을 정도로 꿋꿋하고 당당하다. 침엽수를 닮은 잎은 신비로운 적갈색 옷모양새를 갖추고 겨울 맞을 준비를 하고 기다린다. 인내의 극치를 보여주는 셈이다.

겨울이 오면 메타세쿼이아는 잎을 남김없이 떨어트린다. 벌거벗은 나목이 되어 가느다란 핏줄마저 드러내 자기 자신을 송두리째 보여 준다. 나신裸身으로 서서 한 점 부끄럼 없이 하늘을 대하는 것이다. 욕망도 탐욕도 모두 다 내려 놓은 선승禪僧의 자세를 닮았다고나 할까. 봄부터 겨울까지 남을 기쁘게 하면서도 뽐내지 않고 그 자리에 우뚝 서서 자기가 할 일을 묵묵히 해내니 기특하다. 내년이면 자리 하나 옮기지 않고 맨 그 자리에서 사람들을 반가이 맞이할 게다.

숲은 그대로가 그림이고 음악이다. 비가 내리거나 눈이 오거나 사시 장철 우리들에게 색으로 메시지를 전한다. '철마다 변신하는 메타세 쿼이아'가 있어 숲이 더 멋스러운 성싶다. 외우기 어려운 나무 이름 이지만 이젠 가까워져 오랜 친구나 다름없다. 숲, 언제 불러도 정겨 운 이름이다.

씨앗의 기적

겨우내 꽃밭을 덮고 있던 낙엽들이 시득시득하다. 꽃샘추위를 동반한 봄비를 몇 번 맞더니 본디 빛깔이 어디로 갔는지 하나도 없다. 작년 가을엔 노랑·빨강·갈색 등으로 색이 고왔건만…. 봄이 오기 전에 자리를 뜰 채비를 차리는가 보다.

새싹이 올라오기 시작하면 지난해 떨어진 잎들은 모두 흙으로 돌아간다. 봄이라는 다른 세계가 다시금 열려서다. 세상 만물은 성주괴공成住壞空(생겨나서 존재하다가 무너져서 없어진다는 불교 세계관의 하나)의 법칙을 피해 갈 수 없어 다람쥐 쳇바퀴 돌듯 돌아간다. 비록 작은 공간이지만 꽃밭은 철따라 변화하는 모습을 보여주어 늘 작은 즐거움을 준다.

다섯 살 때라고 기억된다. 엄마가 두꺼운 옷을 벗기고 조금 얇은 옷으로 갈아입혔다. '왜 그러느냐'고 하니 '봄이 와서'라고 말했다. 재차

'봄이 뭐냐'고 물으니 '봄은 따뜻한 거란다'라고 대답해 '난로 같은 것'이라고 여겼다. 그런 봄날이 해마다 오건만 한번 떠난 엄마는 다시 돌아오지 않아 서글프다.

얼마 안 있으면 온 천지가 초록으로 물든다. 그뿐이랴. 매화를 비롯해 분홍 진달래, 노란 개나리 등이 곳곳에서 지천으로 피어난다. 《꽃의 제국》이라는 책에 "두뇌도 없는 식물이 어떻게 수억 년 동안 지구를 지배했을까?"라고 의문을 제기하고 있다. 실제로 봄이 오면 지구상의 인구를 훨씬 능가하는 온갖 꽃과 풀들이 산과 들을 꽉 메운다. 만약에 식물이 아니고 동물이었다면 사람들은 지구상에서 한 사람도 살아남을 수 없었을 터이다.

눈여겨보면 우리 주변에는 신비한 일이 하나둘이 아니다. 좁쌀보다 더 작은 씨앗들이 보내는 메시지도 그중 하나가 아닌가 싶다. 1mm도 안 되는 씨가 땅 밑으로 뿌리를 내리고 땅 위로 잎과 줄기와 꽃을 피우는 게 놀랍기만 하다. 그 안에 무슨 비밀을 감추었는지 궁금해진다.

작년 봄, 옆집 할머니가 '까마귀 오줌통'이라는 꽃씨를 조금 가져다 주었다. 이름은 얄궂지만 씨알은 까만 구슬 모양으로 동글동글하고 위쪽에는 하얀 반점이 있는 귀여운 놈이었다. 꽃밭에 심었더니 여름부터 가을까지 하얀색의 작은 꽃을 피우고 지고 나면 풍선 같은 모양의 초록 열매가 달렸다. 그걸 보면서 고운 이름을 붙여도 되련만 하필이면 볼썽사나운 이름을 붙였나 싶어 안쓰러운 생각이 들었다. 사람들이 지어 준 거라 불만스러웠겠지만 말을 못해 꾹 참았으리라. 초가을이 되자 초록색 열매가 조롱조롱 예쁘게 많이 달려 주위 사람들에게 나눠주니 다들 좋아했다. 작은 씨앗 하나가 풍성한 선물을 마련한 셈이다.

작고 보잘것없다고 무시할 일이 아닌 것 같다. 미래는 무기가 없는 씨앗전쟁이 올 거라고 예언하고 있어서다. 신품종의 종자개발을 둘러싸고 국가나 기업 간에 경제적 대립이 격화되는 현상으로 '종자전쟁'이라고도 한다. 진즉부터 시작해야 될 일이었지만 우리나라는 이제야 눈을 떠 연구 개발에 힘쓰고 있다니 만시지탄의 감이 없지 않다.

'미스김 라일락'이라는 꽃나무가 있다. 해방 후 미군정 때 미군이었던 식물 채집가가 북한산에서 종자를 채취해 미국으로 가져가 원예종園藝種으로 개량한 뒤 붙인 이름이라 한다. 왠지 낯선 국적을 취득한 것 같은 느낌이 드는 건 나만의 생각일까. '수수꽃다리'라는 예쁜 이름을 빼앗긴 슬픈 꽃이다. 내가 일구어 놓은 꽃밭에도 두 그루 있어 해마다 꽃을 피운다. 우연히 어느 절에서 보고 얻어다 심은 것으로 그 나무를 볼 때마다 은근히 속이 상한다.

개량된 '미스김 라일락'은 조경용으로 인기를 얻으면서 현재 세계에서 가장 선호하는 품종이 되었다. 미국만 돈을 벌게 해 준 셈이다. 우리나라의 경우, 70년대부터 비싼 로열티를 물어가며 역수입하고 있는 안타까운 현실이다. 그뿐인가. 매우면서도 감칠맛을 가진 청양고추의 씨앗마저 외국에서 사들여오는 실정이다. 우리 토종이지만 권리를 빼앗겨 그저 벙어리 냉가슴만 앓을 뿐이다.

씨앗은 그런 아픔을 지니고도 제 갈 길을 간다. 겨우내 바위처럼 꽁꽁 얼어붙었던 땅을 비집고 올라오는 생명력이 그것이다. 자라난 곳에서 일생 움직일 수 없는 식물은 물·불·바람을 이용해 자손을 퍼트려 그 종류만 해도 30만이라는 수를 헤아린다니 씨앗의 활동은 우리들 머리로서는 상상도 못할 듯싶다.

식물은 암술과 수술이 합쳐 씨앗을 만들어 종족을 번식시키듯 사람의 경우는 난자와 정자가 합쳐 아기를 잉태한다. 이처럼 눈에 겨우 보이는 작은 물체에서 생명이 태어난다는 놀라운 사실에 새삼 생명의 위력을 깨닫는다. 지금의 내가 이 자리에 있을 수 있는 것도 수많은 세월 동안 이런 과정을 거쳐 왔기에 가능했으리라.

1mm의 힘이 땅을 밀고 올라온다. 우수 경칩을 보낸 뒤 봄을 알리는 신호탄을 쏘아 올린 것이다. 눈을 떼지 못하고 쪼그리고 앉아 내내 바라본다. 옆집에 숨어 살던 지렁이도 봄을 보려고 꿈틀거리며 기어 나온다. 이곳저곳에서 기적이 일어난다.

아! 완연한 봄이로구나. 여기저기서 생명이 움트는 소리가 들린다. 봄의 교향악을 들으려고 가만히 귀를 기울인다.

서라벌 밝은 달 아래

해가 지고 어둑해질 무렵 운동화 끈을 조여 매고 길을 나섰다. '경주 문화재 야행'에 참가해 이야기를 하나씩 주워 담으며 역사 속으로 깊숙이 들어가기 위해서다.

문천蚊川에 잠긴 열엿새 달이 얼음처럼 차갑게 빛나는 걸 보니 '천강유수천강월千江流水千江月'이라는 시구가 떠오른다. 경주는 물줄기인 형산강을 따라 동천, 서천, 남천, 북천 등 사방으로 하천이 있어 달밤이면 흐르는 물마다 달이 떠서 옛 서울의 정취를 더해 준다. 고대 페르시아에선 '열사흘 달이 가장 아름답다'고 《아라비안나이트》라는 책에서 말했지만… 서라벌의 달은 조금 이지러져도 보름달 못지않게 밤하늘 위에서 품위를 잃지 않는다.

'신라의 달밤'은 여러 곳에 뜬다. 작사가 유호의 노랫말에, 가수 현인이 부른 노래에, 불국사역 앞에 있는 노래비에, 배우 이성재와 차승

원이 열연을 펼친 영화 등에서다. 앞으로 또 어디서 떠오를지 은근히 기대가 된다. 역사의 정취를 품은 고도 서라벌에 뜨는 달은 감회가 남달라 사람의 심금을 울리기 때문일 게다. 최근에는 고인이 되신 현인 선생이 부른 '신라의 달밤'보다 스물한 살 남자가수가 더욱 멋들어지게 불러 화제가 되고 있다. 50여 년이 지났건만 아직도 대중들의 인기를 얻고 있다는 노래 '신라의 달밤'에는 우리가 알지 못하는 마력이 있는 것 같다.

밤이 내리니 교동 민속마을의 아름다운 문화재와 한옥 위로 달빛이 흐른다. 교동은 향교가 있는 곳이라 예전엔 교촌, 교리 등으로 불렸다. 신라 고도의 밤 문화를 제대로 즐길 '경주 문화재 야행'이 팔야八夜를 테마로 이곳에서 벌어진다. 팔야란 야로夜路, 야설夜說, 야화夜畵, 야사夜史, 야경夜景, 야숙夜宿, 야시夜市, 야식夜食 등 여덟 개다.

그 중에 하나인 '경주 교촌 달빛 스토리 답사'를 신청한 뒤 청사초롱을 만들어 불을 밝히고 따라나섰다. 제일 먼저 들른 곳은 중요민속자료 제27호 '최씨고택崔氏古宅'이다. 우리 속담에 삼대부자가 없다고 했다. 교동 최부잣집은 4백여 년 동안 9대 진사와 12대 만석꾼을 누렸으니 얼마나 대단한 집안인가.

고택 입구에 들어서니 '간찰로 보는 최부잣집 과객들'이라는 현수막이 곳간이었던 건물에 길게 붙어 있어 눈길을 끈다. 수많은 식객들이 다녀간 뒤 보낸 편지글로 그득 차 있어 당시 최부잣집에 드나들었던 인물들의 면모를 여실히 보여 준다. 17세기에서 20세기에 아우르는 다양한 필체와 전국의 학맥, 지맥 등을 파악해 볼 수 있어 역사적으로 귀중한 자료가 될 듯하다.

문화재해설사의 설명을 들으며 최부잣집의 진정한 노블레스 오블리주의 정신문화를 직접 몸으로 체감한다. 안채로 들어서니 '경주 최부자! 나눔과 지혜의 곳간을 열다!'라는 현수막이 대청마루 안쪽에 걸려 있어 그 의미를 한 번 더 되새기게 되었다.

다음에 갈 '달빛 스토리 답사'는 신라 국학의 산실인 경북 유형문화재 191호 '향교鄕校'이다. 평소엔 굳게 닫혀 있던 외삼문이 열려 공자와 성현들의 위패를 모신 보물 1727호 '대성전'으로 바로 들어섰다. '경주 문화재 야행' 기간인 이틀간만 개방돼 참관할 수 있는 행운을 얻어 속으로 상당히 기뻤다. 대성전 뒤에 있는 건물 대청마루에 앉으니 나 자신이 신라시대로 돌아가 국학에 입학한 것 같은 기분이 들었다.

해설사의 설명을 듣다가, 궁금증이 나서 경주 향교 상용문 입구에 있는 신라 우물에 대해 물으니 자기는 잘 모른다며 향교에 대해 잘 아는 다른 선생님을 불러 주어 설명을 듣게 해 주었다. 향교의 신라 우물은 규모나 모양이 굉장히 커 요석궁터에 있던 것으로 추정된다고 한다. 우물물은 이곳에 살았던 요석공주와 함께 설총도 마셨을 게다. 그러나 우물을 보호하느라고 덮개를 해놓아 안을 들여다볼 수 없어 무척 아쉬웠다. 우물의 물도 퍼서 마시고 싶었건만….

요석궁에서 자라난 설총은 신문왕 때 요석궁터에 국학을 짓게 되자 국학에 들어가 경경卿(오늘날 국립대학 총장)이라는 자리까지 올랐다고 한다. 경주향교는 신라 국학, 고려 향학, 조선 향교를 거쳐 오늘날까지 이르렀으니 역사적으로 매우 유서 깊은 곳이라는 걸 새롭게 인식하게 되었다.

마지막은 월정교月精橋로 발걸음을 옮겨 '달빛 스토리 답사'의 대미를 장식했다. 월정교는 신라의 원효와 요석공주의 로맨스가 이뤄진 다리로 아는 사람이 많으나 유교楡橋라는 느릅나무 다리가 맞는 답이다. 그러나 유교 발굴 당시 나온 것 중에 느릅나무는 없었고 참나무와 소나무만 나온 걸로 보아 그간 여러 번 수리한 걸로 추정된다.

새로 복원된 월정교는 문천에서 발굴된 석재로 다리의 돌기둥을 축조하고 다리는 목조건축물로 오색단청을 해놓아 상당히 화려하다. 남쪽 문루의 현판은 신라 명필 김생의 글씨를 판각한 것으로 월月자가 약간 비딱해 더 멋스럽다.

여러 학자들의 고증을 거쳐 13년이라는 세월을 거쳐 완성된 월정교는 낮보다 밤이 더 아름답다. 하늘 아래 달빛과 땅 위의 조명이 어우러져 환상적인 분위기를 자아내 신라시대로 돌아간 것 같은 착각에 사로잡히게 된다. 다리에 서서 내려다보면 흐르는 물에 반사된 또 하나의 다리는 관람객들의 감탄사를 연발하게 만들 정도로 기막힌 장면을 연출해 낸다. 신라의 달밤이 만들어 낸 또 하나의 걸작이 아닌가 싶다.

'달빛 스토리 답사'를 끝내고 내려오니 어디서 하모니카 합주소리가 들린다. '교촌 달빛을 노래하는 골목 버스킹'이다. 비틀즈의 음악과 팝송과 흘러간 가요가 이어져 관객들의 박수가 끊이지 않을 정도로 멋진 연주였다. 젊은 시절로 돌아가 잠시 추억에 젖는 시간을 가졌다.

다시 발길을 돌려 전통먹을거리가 있는 거리로 들어섰다. 여름밤 열기를 식히려고 차가운 식혜로 먼저 목을 축였다. 다음엔 야식으로 나무떡판에 나무절구로 쳐서 쫄깃해진 콩고물찰떡을 사먹으러 갔다. 찰떡은 인기가 좋아 줄을 서서 기다렸다가 겨우 살 수 있었다. 소문대로 꿀맛이어서 절로 감탄사가 나왔다.

그때였다. 어디선가 풍악을 울리며 시끌벅적하기에 소리 나는 곳을 따라가 보았다. 처용설화를 각색한 연극을 본 관객들이 풍물놀이패들과 어울려 탈을 쓰고 '달빛 이고 탈놀이 가자'에 합류해 남녀노소가 함께 덩실덩실 춤을 추며 흥겨워한다. 선소리는 '서라벌 밝은 달 아래 밤들이 노니다가' 하는 신라 향가 〈처용가處容歌〉의 첫 구절로 시작해 문화재 야행의 흥겨움을 그대로 표현해 모두의 어깨를 들썩이게 만든다. 나도 모르게 계속 따라가며 온몸을 흔들거렸다.

밤 10시가 넘었건만 야행의 열기는 아직 식을 줄 모르고 계속되었다. 고도에 밤 문화를 형성해 낮뿐만 아니라 밤에도 즐길 수 있도록 했으니 그 아니 즐거운 일인가. 서라벌의 밤은 달빛을 받아 밤이 깊어갈수록 분위기가 한층 더 무르익는 듯하다.

이제 시작이다. '경주 문화재 야행'은 국내뿐만 아니라 외국인들의 호응도 갈수록 높아져 함께 즐기는 사람들이 꽤 눈에 띄었다. 앞으로 범세계적인 행사로 발돋움할 것 같은 예감이 든다.

돌아오는 길, 문천에 잠긴 달이 길동무를 해 준다. '경주 문화재 야행'이여! 서라벌 밝은 달 아래 영원하리라.

안다미로

어디엔가 숨어 있다가 나온 말이 아니다. 예전부터 있었던 순수한 우리말이건만 지금껏 모르고 살아와 면목이 서질 않는다. 한편으론 왜 이제야 만남이 이루어졌나 싶어 원망스럽다. 일상에서 자주 쓰고 말하며 읽었더라면 첫 대면이 그리 서먹서먹하지는 않았을 터인데….

'우리말 겨루기'라는 텔레비전 프로그램을 보면 전혀 듣보지 못한 생소한 단어들이 더러 나온다. 그럴 때마다 저런 말도 있었나 싶어 속으로 끔쩍 놀라며 모국어인 한글을 제대로 모르고 있었다는 자책감마저 든다. 허나 그런 마음은 잠시뿐, 입과 귀에 편한 말만 주고받는 생활에 쫓기며 살아간다.

아직 바람이 차가운 맹춘이지만 동해바다로 훌쩍 떠났다. 버스 안은 히터의 열기로 답답했다. 휴게소에 정차했으나 내리기 귀찮아 자리에 앉아 있으니 목이 말라온다. 비치해 놓은 종이컵에 물을 따라서 마시려다 보니 컵에 적힌 글이 눈에 들어온다. '안다미로'라고 써 놓고 '담은 것이 그릇에 넘치도록 많이. 넘치게'라는 설명까지 곁들여 있다. 낯설긴 하지만 왠지 푸짐하고 넉넉한 인심을 느끼게 하는 말이라 정감이 갔다.

일본 전통선술집에 가면 네모난 나무잔 안에 유리잔을 넣고 철철 넘치도록 술을 따라 준다. 바라만 봐도 술맛을 저절로 나게 만든다. 술은 잔에 차야 맛이라는 속담이 말해 주듯 우리나라의 술 풍속도 마찬가진 성싶다. 그야말로 안다미로다. 술만 그런 게 아니라 밥도 고봉으로 담고 제사음식도 높이 쌓아 올린다. 게다가 정까지 넘치도록 주니 '안다미로'라는 말이 더욱 가깝게 다가온다. 이런 관습은 우리 조상들의 넉넉한 인심과 푸근한 인정에서 나온 게 아닌가 싶다.

안다미로, 입안에서 몇 번이나 되뇌어본다. 프랑스 샹송보다 더 부드럽게 들린다. 다른 나라 말이 아닌지 의심스러울 정도다. 이렇게 아름답고 고운 우리말이 있었다니 믿기지 않는다. 정겨운 우리말은 옆에 제쳐 두고 일부러 혀를 굴려 외래어를 써가며 유식한 척했던 지난날이 바끄러워진다.

석양은 구름을 만나야 붉은 노을이 더욱 곱게 빛나듯 우리말도 입으로 자주 말하고 글로 매번 써야 한글의 멋스러움이 한층 더 드러날 것 같다.

이참에 《아름다운 우리말을 찾아서》라는 책을 장만했다. 순수한 우리말을 찾아 보니 즐비한 단어 중에 한 번도 듣보지 못한 말들이 꽤 많다. 사람의 왕래가 드문 외진 곳이라는 도린곁, 시냇물이 급히 흐르는 가파르고 좁은 산골짜기라는 우금, 개인이 사사로이 차지하는 몫이라는 아람치, 다 삭아서 못쓰게 된 물건이라는 뜻의 사그랑이 등 이루 헤아릴 수 없을 정도다.

아무리 국제화시대라 하지만 이토록 아름다운 우리말을 두고 외래어에 빠져서야 되겠는가 싶다. 먼저 우리말부터 정확하게 익히고 쓰도록 권장해야 할 것 같다. 순수한 우리말을 안다미로 사랑했으면 좋겠다.

우리말 중에 가장 좋아하는 말은 '멋'이다. 한마디로 설명하라고 하면 뭐라고 해야 할지 몰라 주춤거려진다. 많은 뜻을 내포하고 있어서일 게다. 국문학자 양주동은 "멋의 어원은 '무엇'에서 나왔다. 멋이란 알 수 없는 그 무엇, 즉 ?(물음표)다"라고 말했다. 모르긴 해도 그럴 듯한 주장이라는 생각이 든다. 모르니까 공부해 볼 가치가 있는 게 아닌가 싶다.

선승들이 제방을 떠돌며 참선 정진하는 것을 '멋을 찾아 길을 떠나는 나그네'에 비유하기도 하고 구름처럼 물처럼 흘러 떠다닌다고 운수납자雲水衲子라고 말하기도 한다. 화두를 가지고 '이 뭣고'라는 의심을 품고 앉으나 서나 자나깨나 오로지 화두일념으로 밀고 나가는 것이야말로 세상에서 가장 멋스런 일이 아니고 무엇이겠는가. 그러기에 멋을 찾아 떠도는 나그네라고 하는가 보다.

'안다미로'라는 말에 감사드리고프다. 덕택에 고운 우리말을 많이 알게 되었다. 말 한마디가 주는 위력이 얼마나 대단한지 새삼 느낀다. 이제부터 숨어 있는 아름다운 우리말을 찾아 자주 쓰도록 해야겠다.

무엇인지 알 수 없는 멋을 찾기 위해 길을 나선 수행자의 마음으로 우리말을 쓰고 읽고 배워야겠다고 다짐해 본다.

안다미로!

이름이 뭐 길래

세상에는 별별 이름이 많다. 그 중에 호적상의 이름은 안타깝게도 본인의 의사와는 별개로 지어지는 게 보통이다. 애초에 부모나 웃어른이 지어 준 이름이 맘에 들면 좋으련만 그게 어디 마음대로 되는 일인가. 아무튼 이름 때문에 울고 웃는 인생이 곳곳에서 벌어진다.

출가해서 승려가 되니까 이름이 하나 더 생겼다. 법념法念이라는 법명이다. 노스님들이 법념이라는 발음을 잘 하지 못해 '범냄이, 법님이, 범년이' 등 제멋대로 불러 속이 상했다. 비슷한 법명이 여럿이면 누구를 부르는 건지 헷갈려 대답을 못하는 경우도 더러 있었다. 어감이 너무 딱딱해 이름을 제대로 부르는 사람이 없다고 향곡 큰스님에게 법명을 바꿔 달라고 청했다가 혼꾸멍만 났다.

"허 참, 기가 매키서(막혀서). 봐라 법념아, 다 뜻이 이싸서(있어서) 지은 기라. 바꾸마(바꾸면) 성불한다 카드나(하더냐)?"

호된 한마디에 주눅이 들어 머리가 자라목이 되어 뒷걸음쳐 나왔다. 좀 더 부드럽고 쉽게 부를 수 있는 이름이면 얼마나 좋을까 싶어 말씀드렸다가 된통 야단만 맞고 말았다.

큰스님은 가셨지만, 만약 살아 계신다면 법명을 지어준 향곡香谷 큰스님께 엎드려 감사드리고 싶다. 처음엔 뜻은 둘째치고 쉽게 부를 수 있는 걸로 바꾸려 했지만, 지금은 깊고 오묘한 뜻이 마음에 들어 이름대로 살려고 애를 쓴다. 법명을 풀이하면 법 법法 자 생각 념念 자이고 거꾸로 하면 염법念法이다. 항상 부처님의 가르침을 생각하고 실천하라는 깊은 뜻이 있기에 정말로 마음에 든다. 덧붙여서 법法이라는 글자는 삼수변三水邊에 갈 거去가 합쳐진 글이어서 물 흐르듯이 쉼 없이 부처가 되는 길을 가라는 뜻도 있다. 이제 철이 들고 보니 좀 부르기 어려운 게 무에 그리 대수라고 바꾸려고 했는가 싶다.

절에서는 법명으로만 불린다. 가끔 호적이름인 '박영주'라고 부르면 내 이름이 아닌 것 같다. 운전면허를 따러 자동차학원을 다닐 때이다. 실기시험을 치르고 합격 여부를 기다릴 때였다. 합격자 명단을 들고 나와 '박영주'라고 몇 번을 외쳐도 멍하니 서 있었다. 시험관이 아무래도 이상타 싶어 곁에 다가와 스님 이름이 아니냐고 물었다. 그제야 알아차리고 대답한 일이 있다.

예전엔 여자애들의 이름 뒤에 보통 자子 자가 붙었다. 누가 '자야'라고 부르면 열 명 중에 아홉 명이 뒤돌아볼 정도로 많았다. 다분히

일제강점기의 잔재가 남긴 영향이다. 초등학교 때 우리 반에 배신자 裵信子라는 이름의 친구가 있었다. 또래의 머슴애들이 이름자와 발음이 같은 배신자背信者라고 놀리며 괴롭혔다. 친구는 집에 가서 그런 이름을 지어 주었다며 펑펑 울었지만 부모들이 모른 척해서 더욱 슬펐다고 말했다.

요즘은 이름 바꾸는 것이 아주 쉽지만 예전에는 재판까지 받아야 하는 까다로운 절차를 거쳐야만 했다. 재판소는 '관청사다리'라는 말이 있을 정도로 높이 올라가야 하는 두려운 존재로 생각할 때라 감히 엄두도 못 낼 때였다. 당시엔 먹고 살기도 힘든 시절이라 딸아이 이름 따위로 재판을 한다는 것은 말도 안 되는 일이었는지도 모른다.

한동안 이름 때문에 떠들썩한 사건이 일본에서 있었다. 갓 태어난 아들에게 '악마惡魔'라고 지어 아기 아버지가 신고하러 간 데서부터 문제가 일어났다. 놀란 구청직원이 "왜 그런 이름을 지었느냐?"는 질문에 "특별하니까 누구나 기억을 잘할 것 같아서"라고 답했다고 한다. 난처한 직원은 이러지도 저러지도 못하다가 결국은 출생신고를 해 주었다.

아기의 부모는 동네서 스낵바를 운영했는데 악마를 낳은 집이라는 소문이 붙어 결국은 문을 닫고 말았다. 처음에는 호기심 때문에 취재기자들도 들락거리고 사람들도 흥미를 보였지만 자식에게 악마

라는 이름을 붙여준 사람의 집이라 정나미가 떨어져 아예 발걸음을
하지 않게 된 성싶다.

일본에서는 사람이 죽으면 부처가 된다고 믿는다. 그런 연유로 임종
을 당해 새로이 이름을 받는 풍습이 있다. 사찰에 가서 고명한 스님
들께 개명改名해 달라고 부탁을 하면 돈의 액수에 따라 좋은 뜻을
가진 이름으로 길거나 짧게 내려 준다. 그러나 돈이 없는 천민계급
인 부락민部落民이 가면 하잘것없는 이름을 지어준다. 예를 들면 동
물에게나 붙여 주는 이름을 아무렇지도 않게 내던지듯 주었다. 글
도 모르니 감지덕지로 받아와 묘비명에 새긴 것이 지금도 남아 있
어 사회적 문제가 되었다. 인간의 탈을 쓰고 그것도 종교인이 그럴
수 있느냐는 등 한동안 시끌시끌하게 신문지상에 오르내렸다. 우리
나라에는 그런 일이 없는 줄 알고 일본사람을 대놓고 비방하였다.
그러나 문헌을 보니 우리나라에도 더하면 더했지 결코 뒤지지 않는
일이 있었다. 참으로 부끄러운 역사의 한 단면이다.

조선시대는 양반계급들이 노비奴婢를 많이 거느리고 살았다. 인구
중에 5분의 1이 노비였다니 입이 딱 벌어진다. 부리는 종이 많다 보
니 부르기 쉬운 강아지, 망아지, 송아지 등으로 부르다가 나중에는
개똥이, 소똥이, 말똥이도 등장하게 되었다. 당시에는 종들의 값이
가축보다 싸서 짐승만도 못하게 여겼고 소나 말만큼 일을 추슬러내
지 못하기 때문에 가축새끼보다 못한 취급을 받았다. 그도 모자라
가축의 똥을 이름으로 불렀으니 사람으로 여기지 않았다는 증거가

아니고 무엇인가. 요즘 세상이라면 상상도 못할 일이건만….

이전에는 이름의 종류가 다양했다. 열거해 보면 아명兒名, 관명冠名, 자字, 호號, 아호雅號, 시호諡號 등이다. 아명, 관명, 자, 호, 아호 등은 웃어른이나 본인이 짓고, 시호는 임금이 내렸다. 아호를 200여 개나 사용한 멋진 옛사람이 있다. 추사 김정희다. 서화에 능한 그는 다양한 아호를 본인이 지어 작품에 따라 멋스럽게 사용했다고 한다.

요즘 들어 어찌된 영문인지 유명한 작명가의 집 앞이 문전성시를 이룬다. 이름이 좋아야 팔자가 늘어진다고 거금을 들여 받아온다. 어리석게도 이름만 바꾸면 팔자가 핀다고 믿는 이들이 많다는 것을 여실히 보여주는 현실이다. 이름이 간판이라고 하지만 아무리 간판이 좋아도 속이 부실하면 빈 깡통에 불과하다. 좋은 이름보다 자기 자신을 가꾸는 일이 더 시급하지 않을까 싶다. 이름 따위에 목숨을 거는 사람들을 보면 한심스럽다. 남들이 부르면 대답할 이름만 있으면 될 것을.

이름은 없어서도 안 되는 내 분신과 같아 소중하기는 하다. 하지만 이름에 매달려 살 순 없지 않은가. 이름이 뭐 길래 자기 인생을 거는 걸까. 이름 자체는 실체가 없거늘. 법념아, 부르면 '예'라고 대답한다. 그러면 되는 거지 뭐 별다른 게 있나 싶다.

일일시호일

다다미가 깔린 넓은 방으로 안내한다. 우리 일행을 맞이해 다회가 열리는 홋카이도 어느 사찰의 다실이다. 다도선생은 다석茶席을 펼쳐 놓고 먼저 기다리고 있다. 등받이 없는 긴 의자에 서너 명씩 앉아 호기심 어린 눈으로 주위를 둘러본다. 다도는 처음 경험하는 사람이 많아 긴장감으로 인해 약간 굳은 표정들이다.

도요토미 히데요시(豊臣秀吉, 1536~1598)는 전쟁터에서도 진중다회陣中茶會를 자주 열 정도로 차를 좋아했다. 전시 중이라 바닥에 정좌하지 않고 의자에 앉아 차를 마셨다. 입석다회의 효시는 이때부터 비롯되었다고 한다. 나이 든 분들을 감안해 의자에 앉도록 배려한 주지스님의 마음씀씀이에 가슴이 뭉클했다. 입석다회는 설날같이 특별한 날에만 열리기 때문이다.

아라비아 숫자인 1자를 위아래로 그으면서 다선茶筅을 움직인다. 오로지 일념으로 말차抹茶를 저어 거품을 낸다. 차의 맛은 차를 내는 팽주烹主(차를 내는 사람)의 마음에 따라 달라진다. 마음을 가라앉히고 차분한 마음으로 내온 차는 단맛이 나지만 어수선한 마음으로 성급하게 내온 차는 쓰게 느껴진다.

차를 내는 손길이 물 흐르듯 자연스럽다. 차를 젓고 물을 따르는 소리만 들린다. 다실에는 고요함이 감돈다. 차 한 잔을 손님에게 내기 위해 열과 성을 다하는 모습은 마치 구도자의 자세와 같다. 이윽고 한 잔의 차가 완성되어 상객上客(제일 윗자리에 앉은 손님) 앞으로 내온다.

〈일일시호일日日是好日〉이라는 영화를 보았다. 스무 살 난 아가씨가 우연히 다도를 접하면서 몸과 마음을 다스려 가는 성장과정을 엮은 줄거리이다. 그녀의 선생은 이렇게 말한다.
"다도는 배우는 게 아니고 익숙해지는 거란다. 하다 보면 금방 몸이 기억하게 돼."

어느 날 스승의 말씀대로 자신도 모르게 동작이 저절로 이어졌다. 그녀는 다도의 세계에 더 깊숙이 들어가게 된다.

일본 유학시절 수년간 다도 계고稽古*를 익혔다. 처음에는 모든 게 서툴러 주의를 많이 받았다. 무릎 위에 손가락을 가지런히 놓지 않

---

*계고稽古 : 옛일을 살펴 공부함. 무술, 예능, 다도 등을 익숙해지기 위해 배우는 일.

고 벌렸다든가 걸음새의 보폭이 너무 넓으니 좁히라든가 다부茶釜
(찻물을 끓이는 솥)의 물을 뜨고 난 뒤 병작柄杓(물을 뜨는 국자)을 내릴
때 손의 모양이 바르지 않다든가 등 셀 수 없을 정도였다. 일일시호
일이라는 영화 속의 주인공이 긴장한 나머지 실수를 저지르는 모양
새가 그때의 나와 흡사해 웃음이 절로 나왔다.

다도는 먼저 형식으로 들어가고 다음에는 찻그릇에 마음을 담아 낸
다. 그러기에 차는 마음을 닦는 과정과 비슷해 다도茶道라고 말한다.
우리나라에선 다인들이 형식에만 너무 치우쳐 차의 마음을 읽지 못
하는 사람들이 더러 있어 다도에 대해 별로 좋지 않은 선입견을 가
진 사람들이 많다. 그런 사람들을 나무랄 수는 없다. 겉치레만 치중
하는 사람들이 있다 보니 듣게 되는 소리다. 그렇다고 다 그런 것은
아니다. 차의 정신을 올바로 이어가려고 애쓰는 사람들도 많이 생겨
나고 있다.

일본 다도는 화경청적和敬淸寂의 정신을 바탕으로 한다. 즉 서로 화
합하고 공경하며 몸과 마음을 맑고 고요하게 하라는 뜻이다. 일본
에서 차의 성인이라 일컬어지는 센리큐(千利休, 1522~1591)는 와비(侘),
사비(寂)라는 일본 전통 미의식이자 미적 관념을 가지고 와비차(侘
茶)라는 예법을 완성해 도의 경지로까지 끌어올렸다. 그로부터 호사
스러운 서원차書院茶에서 벗어나 자연을 닮은 질박한 와비차가 자
리 잡게 되었다. 와비차는 선수행과 닮아 다선일미茶禪一味라고 칭하
기도 하고 다선일여茶禪一如라고 말하기도 한다. 다도를 통한 수행과

선 수행이 동일하다고 본 것이다.

차완을 손에 받쳐 들고 와 손님 앞에 놓으면 서로 감사의 예를 올린다. 다음에는 먼저 마신 사람에겐 지금 마시겠다는 뜻으로, 아직 안 마신 사람에겐 먼저 마시겠다는 뜻으로 양쪽 다 예를 표한다. 그리고 두 손을 가지런히 무릎에 놓고 감사의 예를 올리고 겸양하는 마음으로 차완을 왼손에 올려 오른쪽으로 세 번 돌린 뒤 차완을 든 채 다시 예를 올린 뒤 마신다. 서너 번에 걸쳐 마시다가 마지막에는 다 마셨다는 표시로 후루룩 소리를 내며 한 방울도 남기지 않는다.

처음엔 차 한잔 마시기까지 절을 너무 많이 해야 돼, 너무 형식적인 것 같아 거부감이 들었다. 시간이 흐르면서 동작 하나하나가 남을 배려하는 마음가짐이라는 걸 저절로 알게 되었다.

우리를 초청한 주지스님은 "먼 곳에서 오신 손님들에게 무얼 대접할까 고심한 끝에 차회를 열게 되었다"고 말했다. 찻자리에서의 만남은 일본에선 '일생에 단 한 번 만나는 인연'이라는 뜻인 일기일회 一期一會라는 말로 표현된다. 법정 스님(1932~2010)의 〈일기일회〉라는 글 중에 마음에 와 닿는 구절이 있다. 인연의 귀중함을 다시 한 번 깨닫는다.

순간순간에 살아 있음을 느끼고 순간순간에 새롭게 피어나라. (…) 매순간 우리는 다음 생의 나를 만들고 있다.

차라는 것을 통해 일본과 한국이 하나가 되어 서로 마음을 나누었다. 불교에서는 사람과 사람 사이의 만남을 중시해 '옷깃만 스쳐도 오백생의 인연'이라고 말한다. 오늘 다도를 통해 맺어진 인연은 두고두고 잊을 수 없을 성싶다. 한잔의 차를 손님에게 내기까지 열과 성을 다하는 모습을 직접 보니 다른 무엇보다 큰 선물을 받은 것과 진배없는 감동을 받았다.

한잔의 차가 들뜬 마음을 가라앉혀 여독旅毒이 절로 풀리는 듯하다. 밖을 나오니 하늘이 새롭다. 오늘따라 하늘이 더 파랗게 보이는 건 푸른 말차를 마신 덕분인지 모르겠다. 따뜻한 차의 온기가 아직도 가슴에 남아 있는 듯하다.

도둑영화

영화는 아무래도 극장에서 보는 것이 제일이다. 넓은 화면과 음향, 그리고 편안한 의자에 앉아 즐기며 보는 맛이야말로 어디에다 비할 수 없다.

태어나서 제일 처음 본 영화는 〈정글북〉이다. 초등학교 3학년 때 단체로 가서 본 뒤 주인공인 타잔과 동물들에 푹 빠져 버렸다. 타잔이 나오는 만화는 물론 《밀림의 왕 레오》라는 동화는 열 번도 더 읽은 성싶다. 나중에 책방에서 발견한 《시이튼의 동물기》는 보물 상자와도 같았다. 동물학자가 쓴 이야기여서 실제로 보는 듯해 읽을수록 재미가 났다.

초등학교 때 영화가 보고 싶으면 길 건너에 있는 삼성극장이나 삼일극장에 가서 밖에 붙어 있는 배우들의 사진이나 포스터를 보는 걸로 마음을 달랬다. 돈이 없어 들어갈 수 없어서다. 나만 그런 게 아니고 다른 친구들도 마찬가지였다. 어린 맘에 극장 안으로 들어갈 수 없다는 게 너무나도 슬펐다.

여중에 들어가니 한 달에 한두 번 정도 극장으로 단체관람을 갔다. 욕심은 끝이 없어 그것만으로는 감질 맛이 나 견딜 수가 없었다. 돈도 궁했지만 마음대로 가서 볼 수도 없었다. 단체로 가는 것 이외에 다른 영화를 보러 가면 안 된다는 규칙이 발목을 잡았다. 못 가게 하니 가고 싶은 마음이 더더욱 굴뚝같았다.

처음 도둑영화를 보러 갔을 때였다. 아무도 우리를 쳐다보지 않건만 벌벌 떨었다. 환한 불이 꺼질 때까지 그야말로 고역이었다. 죄 지은 사람처럼 고개를 아래로 떨어뜨리고 자리에서 꼼짝 못했다. 일각여삼추一刻如三秋라더니 그 시간이 그렇게 길게 느껴질 수가 없었다.

한 번 길을 터놓는 게 어렵지 그 다음부터는 쉬웠다. 죽이 맞는 친구랑 몰래 도둑영화를 보러 다니기 시작했다. 몇 번 가도 들키지 않으니 점점 간이 커져 겁 없이 들어갔다. 선생님에게 들켜 정학 처분을 맞는 애들을 더러 보면서도 마약중독자처럼 영화의 마력에 끌려 보고 싶은 마음을 끊을 수가 없었다. 뿐만 아니다. 들킬까 봐 간을 졸이며 보는 것도 은연중에 즐기고 있었는지도 모른다. 시간이 흘러감에 따라 그런 긴장감이 점점 느슨해져 나중에는 맛보기로 보여주는 예고편까지 편안히 앉아 즐기게 되었다.

당시 유일한 오락은 영화뿐이었다고 말해도 과언이 아니다. 자주 보러가고 싶었지만 따로 용돈이라는 걸 받아 본 적이 없는 터라 엄마에게 책을 산다거나 학용품을 산다는 등 거짓말을 해 받은 돈으로 가기도 했다. 양심에 가책을 받았으나 영화를 보고 싶은 유혹을 뿌리칠 수가 없었다.

궁하면 통한다더니 영화를 싸게 볼 수 있는 요령을 알아냈다. 당시 삼류극장에선 2본 동시상영이 100원이었다. 극장 문 앞을 지키는 기도아저씨에게 슬쩍 말해서 둘이 100원에 들어가는 법을 터득한 것이다. 처음에는 선뜻 다가가 말하기가 부끄러워 서로 미루다가 말문을 트고 나서부턴 얼굴에 철판을 깐 것처럼 천연덕스럽게 말하고 극장을 드나들었다.

여고 때였다. 한번은 친구하고 청소년관람불가 영화를 보러 갔다. 섹시스타 마릴린 먼로(1926~1962)가 나오는 〈사랑을 합시다〉라는 제목이다. 어떤 내용일까 궁금함을 참을 수 없어 위험을 감수하고 보러 갔다. 입구에서 기도아저씨가 들어가지 못하게 막았다. 극장 안에 각 학교에서 나온 선도위원 선생님들로 쫙 깔려 있다는 거였다. 돈을 건네니 손목에 도장을 찍어 주며 나중에 오라고 말했다.

더운 여름이라 땀이 나서 도장 찍은 게 지워질 것만 같았다. 여유가 있으면 근처 빵집에서 아이스크림이라도 사 먹으며 수다라도 떨 수 있지만 그럴 형편이 못 되었다. 게다가 근처에 학생들이 마땅히 쉴 곳도 없어 극장으로 다시 갔다. '학생들 걸리면 어쩌려고?' 하는 기도아저씨의 걱정을 뒤로 하고 들어갔다. '에라 모르겠다' 하는 마음으로 자리에 앉았지만 영화가 다 끝나도록 쿵쾅거리는 가슴을 안고 감상했다. 그 때의 짜릿한 긴장감이란 경험해 보지 않은 사람은 아마 모를 것이다.

뿐만 아니다. 여고 입학시험 합격자를 발표하는 날이었다. 오전 10시라고 해서 미리감치 갔더니 시간이 오후 2시로 변경되었다는 공시가 붙었다. 집에 도로 가자니 그렇고, 친구 넷이 서로 뜻이 맞아 영화 구경을 갔다. 율 브리너(1920~1985)라는 대머리배우가 주연인 〈카라마조프의 형제들〉이라는 영화였다. 한 시쯤 영화가 끝나고 학교로 가니 합격자 게시판을 보고 나오는 친구들과 마주쳤다. 그제야 '떨어졌으면 어쩌나'라는 불안감이 몰려왔다. 두근거리는 가슴을 안고 합격자 명단을 올려다 보았다. 다행히 합격을 해서 안도의 한숨을 내쉬었다.

영화를 본 뒤 얼마 있다가 《카라마조프의 형제들》이라는 책을 보았다. 영화에서는 주인공의 심리상태를 10분의 일도 표현하지 못한 것 같아 그렇게 좋아하던 율 브리너가 미워졌다. 시인인 국어선생님도 "율 브리너 그놈, 그게 어디 연기냐. 책 보고 나서 영화 보지 마라. 열에 열 번 실망한다"고 비난의 화살을 퍼부었다. 내 편을 드는 것 같아 속이 시원했다.

여고로 입학하자마자 가정교사 아르바이트를 했다. 용돈이 생기니 그전보다 여유가 생겨 영화를 보는 빈도가 높아졌다. 이제껏 걸린 적이 없어 마음은 놓았으나 일말의 불안감은 안고 극장을 들락거렸다. 그러나 개봉관에 가서 보진 못하고 여전히 삼류극장 주변을 맴돌며 보는 신세는 면하지 못했다.

새내기 중노릇 하던 때는 영화 같은 것은 볼 엄두도 못 냈을 뿐만 아니라 볼 시간조차 없었다. 그런 시간을 보내고 부처님 경전을 배우러 불교전문 강원을 가게 되었다. 강원에서의 규율은 엄했다. 외출은 물론 외박은 더욱이 허용되지 않았다. 못하게 막으니 거역하고 싶다는 욕망이 슬슬 발동하기 시작했다.

강원이 있는 수원이라는 곳은 글자 그대로 물의 근원이었다. 늘 안개가 끼고 습해 그 영향으로 기관지염에 걸려 오랜만에 외출허가를 받았다. 병원으로 가는 도중에 극장이 눈에 띄었다. 〈벤허〉라는 영화를 상영 중이었다. 봤던 영화지만 또 보고 싶었다. 기회를 봐 보러 가리라 마음먹었다.

며칠 뒤에 보름에 한 번 있는 목욕날이 왔다. 공부도 안 하고 쉬는 날이다. 점심공양 하고 나서 저녁예불 전까지는 시간적 여유가 있었다. 들키지만 않으면 살짝 몰래 나갔다 올 수 있는 시간이었다. 혼자 가지 않고 세 명을 꼬드겨 같이 나갔다. 우리 넷이 나가자마자 은사스님 도반인 어른스님이 오셔서 나를 찾았다. 온 도량을 뒤져도 보이지

247

않으니 대중스님들을 모두 모이라 해서 세어보니 네 명이 비었다. 그런 일이 일어난 줄도 모르고 편안하게 영화를 즐기고 돌아왔다.

〈벤허〉라는 영화는 상영시간이 길어 저녁예불시간에 겨우 맞춰 들어올 수 있었다. 우리 일행이 들어서자마자 "너희 때문에 그런 난리가 없었다"며 자초지종을 들려 주었다. 큰방에서 대중공사가 벌어져 각서를 쓰고 서약서에 도장을 찍었다. 강원에서 생활하는 동안뿐만 아니라 방학 때 각자의 절에 가서도 절대로 영화를 보러 가지 않겠다는 내용이었다. 나 때문에 대중스님들도 서약서에 도장을 찍는 사태가 벌어져 미안한 마음에 고개를 들 수 없었다. 새로운 법이 생겨 다른 스님들까지 피해를 입었으나 뭐라고 변명조차 할 수 없는 지경에 이르렀다.

법이 한 번 정해지자 계속 효력을 발생했다. 강원에 입학하면 서약서에 도장을 찍어야 했으니 말이다. 강원 후배스님들은 내 얼굴은 몰라도 '영화 보다 걸린 스님'이라고 하면 다 알 정도였다. 정말 본의 아니게 유명해졌다. 여중 여고 6년간 뻔질나게 영화를 보러 다녔지만 한 번도 걸린 적이 없었건만…. 정말 "꼬리가 길면 밟힌다"는 옛말이 하나도 그르지 않았다.

자유롭게 영화를 보게 했더라면 그렇게 안달을 부리지 않았을 것 같다. 한편으로는 만약에 제재를 가하지 않았다면 청개구리처럼 이리 가라면 저리 가고 저리 가라면 이리 가려고 하는 사춘기를 어떻게 제어할 수 있었을까 싶기도 하다. 어디로 튈지 모르고 천방지축으로 날뛰던 그 시기를.

아무튼 그 시절을 무탈하게 보낼 수 있었던 것은 도둑영화가 한몫을 한 건 사실이다. 화면에 비치는 장면 속으로 빠져 들어가 그 시간만큼은 내가 주인공이 될 수 있었기 때문이다. 움직이는 화면을 통해서 온갖 경험을 맘껏 할 수 있는 건 오직 영화뿐이었으니까. 영화는 직접 눈으로 보고 귀로 들을 수 있을 뿐만 아니라 나 대신에 희로애락을 표현해 주어 울고 웃을 수 있어 사춘기 나름대로의 고민을 훅 날려 보내주지 않았나 싶다.

우리 세대는 일본 영화뿐만 아니라 중국과 소련 영화도 본 적이 없다. 일본 유학시절엔 흘러간 일본 영화를 원도 한도 없이 볼 기회가 생겼다. 이때다 싶어 문화박물관 회원권을 끊어 일주일에 두 편씩 빠지지 않고 보러 갔다. 개근상을 받을 정도였으니까. 다음 주에 상영되는 영화의 팸플릿을 가져 와 미리 사전을 봐 가며 내용을 대강 이해를 한 뒤 보러 갔다.

당시 모아 둔 영화 팸플릿이 수백 장이다. 일본어 공부는 학교에서보다 영화를 보면서 더 늘어난 게 아닌가 싶다. 주로 역사물이어서 영화를 통해 당시의 사회상을 읽을 수 있어 무엇보다 좋았다. 그 덕에 무성영화로부터 시작해 흑백영화를 거쳐 칼라시대가 오기까지의 영화를 두루 섭렵할 수 있었다. 특히 변사가 와서 해설해 주는 무성영화는 한국에서 경험한 적이 없어 매우 신기했다. 그 당시로 돌아간 착각을 일으킬 정도로 감명을 받았다.

이젠 도둑영화를 보던 때의 짜릿함은 어디에서도 느끼지 못한다. 화면이 35밀리에서 70밀리로 커지고 그보다 더 키워서 대형화면으로 볼 수 있는 시대지만 예전처럼 감흥이 일어나지 않는다. 그러나 영화의 마력은 아직도 나를 끌어당긴다.

"그 영화 말이야. 천만 관객이 들었다고 하네."
망설일 것도 없이 옷을 주섬주섬 주워 입고 나선다. 무엇에 홀린 듯이. "영화는 극장에서 봐야 제 맛이지, 암 그렇고 말고"라고 중얼거리며 최면에 걸린 듯 영화관으로 향한다.

영화는 여전히 매력 덩어리다.

종이 자체는

아무런 힘이 없지만

종이에 쓰인 글은

금강보검과 같아

백팔번뇌를 다 베어낼 수 있는

힘이 있다

종이
칼

ⓒ 법념, 2020

초판 1쇄 인쇄　2020년 7월 7일
초판 1쇄 발행　2020년 7월 11일

지은이　　　　법념 스님
펴낸이　　　　윤재승

주간　　　　　사기순
기획편집팀　　사기순, 최윤영
영업관리팀　　김세정

펴낸곳　　　　민족사
등록　　　　　1980년 5월 9일 제1-149호
주소　　　　　서울 종로구 삼봉로 81 두산위브파빌리온 1131호
전화　　　　　02)732-2403, 2404
팩스　　　　　02)739-7565
홈페이지　　　www.minjoksa.org
페이스북　　　www.facebook.com/minjoksa
이메일　　　　minjoksabook@naver.com
디자인　　　　동경작업실

ISBN　　　　　979-11-89269-66-1 (03810)

이 도서의 국립중앙도서관 출판예정도서목록(CIP)은
서지정보유통지원시스템 홈페이지(http://seoji.nl.go.kr)와
국가자료공동목록시스템(http://www.nl.go.kr/kolisnet)에서
이용하실 수 있습니다.(CIP제어번호: CIP2020024506)

민족사　　부처님 말씀을 담아 세상으로 나아갑니다.